KB071858

청어詩人選 295

# 봄날,
# 오후 2시

조영웅 시집

하얀 벚꽃잎 시들어 떨어지고
나뭇가지 사이에서
이름 모를 새 꽃잎처럼 운다
바람의 소리를 들으려면
네 몸 안에 흔들림을 먼저 보아라

청어

# 봄날, 오후 2시

조영웅 시집

## 시인의 말

왜 〈봄날, 오후 2시〉를 생각했을까?
생애 첫날 혹은 마지막 날이 될지도 모를 〈봄날, 오후 2시〉를
지금 살고 있는 건 아닌지
깊이 들어가 본다. 사색이 삿되어 흐려지지 않기를 바란다.
너희가 나에게, 내가 너희에게
풀씨처럼 작지만 소중한 희망이 되었으면 좋겠다.
아프지만 아름답고 소중한 날이다.

꽃이 시들었다 싶으면 또 다른 꽃이 활짝 피어났다.
당신이 날마다 나에게 새롭고 소중한 것처럼
어색한 시간도 흔들리던 풀대를 밀고 나와
꽃이 되어 주었다.
나는 차라리 바람이 되고 싶었다.
흔들리며 너의 곁에 잠시 쉬었다 멀리 떠나도 좋았다.
〈봄날, 오후 2시〉 오늘 상징의 행간을 타고
우리는 떠나지만
빈 자리를 채우며 다른 꽃이 필 테니까.

2021년 老房精舍에서
조영웅

# 봄날, 오후 2시

## 2부. 천도(天道)를 읽다가

## 제3부. 팔랑개비의 춤

## 제4부. 살아있어 내가 뜨겁다

# 제5부. 이별을 사랑이라고 말하지 못하겠다

# 1부

상처가
도지기 시작했다

꽃을 피우는 봄날의 사형집행이 시작되었다
칼날처럼 푸른 봄의 단두대에
목을 내어놓고
하늘을 올려다본다. 아, 하늘!
죄를 벗어놓고 떠나기에 좋은 맑고 푸른 봄날
꽃불 타는 나뭇가지 어디쯤
꽃봉오리 같이 슬픈 올가미 하나 걸어놓는다

# 노을

저, 뜨겁게 타오르는 화엄의 장작 불덩어리
하늘로, 나뭇가지로, 산으로, 들로
이글거리며 영혼의 뼛속까지 타들어 가는 다비 의식
잡지 못하고 만지지 못하고
또, 느끼지 못하고
빠작빠작 타는 불꽃이 안타까워라
자글자글 애만 끓고 있는
저, 산등성이 붉은 나뭇가지에 매달린
무쇠 솥같이 작고 단단한 내 슬픈 벌레집 안에
울음 가득한 욕심의 살을 태우고 져!

# 영랑호*에서

나의 기다림 위에 너의 그리움이 포개져 꽃이 피었다
너의 마음 위에 나의 마음이 날아가 앉아 나비가 되었다
연초록 나뭇잎이 곁의 나뭇잎을 툭 치며 나에게 말을
걸어온다
소리 그 자체로 나를 끌고 호수로 들어간 투명한 바람이
햇살에 등을 찔려 비틀거렸다
푸른 나무 그늘 아래로 물이랑 치며 달려오는 사랑이여!
날 것처럼 슬픔을 차고 날아오르는
푸르고 어금니 시린 바람의 날개여!
얼마 만에 나를 지우고 너의 곁에 알몸으로 누워보는가
아찔한 절정의 오르가즘이다
맑고 시린 하늘이 호수 가득 들어와 앉아 물빛이
글썽글썽 맑고 슬프다
어두운 바위동굴에서 기어 나온 아이들이 햇살처럼 맑고
깨끗하다
슬픔이 마른 갈대 잎에 손을 베일까 두려운 봄날이다


*속초시 주변에 있는 호수

15

# 봄날, 오후 2시

하얀 벚꽃잎 시들어 떨어지고
나뭇가지 사이에서
이름 모를 새 꽃잎처럼 운다
바람의 소리를 들으려면
네 몸 안에 흔들림을 먼저 보아라
무엇 때문에
누가 흔들리고 있는지
네가 걸어온 길을 돌아보아라
하얀 벚꽃잎 시들어 떨어지고
이 나무 저 나뭇가지 사이
새처럼 나를 내려놓고
햇살 속 빈 하늘을 꽃처럼 운다

# 잔치국수

국숫집에 들어와 모처럼 도마질 소리를 듣는다
또각, 또각, 또각
굵은 대파가 잘게 썰어질 때마다
인생의 각진 모서리가 잘려나가듯 시원해진다
얼마 만인가
주인이 엄선한 한우 사골과 남해 멸치로
국물을 내었다는 잔치국수,
주머니 천 원짜리 낡은 지폐를 만지작거리며
남모르게 꿍쳐두었던 죄의 실타래가
조금씩 풀어질 때마다
늦은 한 끼 잔치국수가 내 인생을 말아먹고
후루룩거리며
시간의 버스정류장 하나를 지나고 있다
추억이 힐끗거리며 지나가는
젊어 한때 내 인생의 전체를 걸고 너를 만났듯
누군가 기다리고 있겠지!
버스에 사람이 타고 또 내리듯
희망이 있다는 듯 가볍게 눈은 내려 쌓이고
추억처럼 빛바랜 사람 하나
막차에 올라타듯 삐거덕! 문을 열고 들어온다

# 포구에서

빗방울이 열매처럼 매달리고
검붉은 바다의 속엣 말을 물컹거리며 만져본다
말을 품고 달려온
쓸쓸한 고독의 성지에서 누군가 고백을 한다
물방울의 박자를 가볍게 두드리며
누군가 끝나지 않은 사랑의 노래를 부른다
높은 옥타브가
악기의 베이스음처럼 풀잎에 낮게 내려앉는다
저 푸른 빗방울 같이
너의 가슴 깊이 사랑으로 스며들 수 있다면
바다가 바다의 말을 할 때
나는 나의 말을 하면서 너는 너의 말을 하면서
글썽글썽, 푸른 바다에 닿는다

# 외진 길, 산꽃 한 송이

쓸쓸한 그대 품 안에서 향을 사루는 냄새가 난다
낙엽의 눅눅한 깊이에 비탈에 선 겨울나무들은 깊은 잠을
자고
속이 환하게 들여다보이는 거리만큼 팔을 벌려
서로의 안부를 묻기도 한다
누가 만든 기다림이 이리 깊고도 고독한지 모르겠다
꽃 피우는 저들 숲에 "장엄하다" 이 한마디를 하고 싶다
나는 산을 보러오는 게 아니라
산속에서 오밀조밀하게 살을 맞대고 살아가는
작은 생명의 질긴 호흡소리를 들으러 오는지도 모른다
비워둔 좁은 길을 따라 걷다 보면 오히려 가슴 충만해져 오는
바스락거리는 생명의 소리,
우리는 얼마쯤 비워진 곳에서야 비로소 타인의 소리를 들
을 수 있다
빈 가지에 시든 나뭇잎을 매달고 흔들리는 쓸쓸한 나무는
바람의 소리를 알아들었는지도 모르겠다
외진 곳을 걷는 고독함이 가끔 산꽃처럼 숨어 피는 고요함을
만나기도 한다
혼자만의 생각이 피우는 꽃 같아
한참을 측은하다가도 또 소중해 보이는 것이다

# 새벽 2시 포장마차

정의는 겨울 밤 한 줌 온기가 되지 못하는
가로등처럼 차갑다
포장마차 한쪽 구석에 쪼그려 앉은
복지는 한갓 안주 없는 막걸리 한잔의 위로일 뿐
또 거리로 나가야 한다
나가서 되지 않는 싸구려 씨를 팔아야 한다
선거전 구호에 매달려
펄럭이는 깃발처럼 한때 펄럭이다
촛불도 사망한 구호뿐인 정의의 슬픈 영안실에서
깜박이며 졸고 있고
진보는 청량리 가락시장에 팔다 남은 떨이 과일처럼
썩어 물컹거린다
나는 바다의 마른 것들을 안주삼아
파도처럼 헛구역질을 하며 쓴 소주를 마신다
꿈은 타다 남은 담배꽁초처럼
검게 끄슬린 재떨이에서 잠시 반짝이다 사라지고
사람이 뚝 끊어진
지금은 새벽 2시의 포장마차, 나는
유행가 한 소절을 주문처럼 흥얼거리며

허기진 몸을 일으켜 다시 바람 속으로 타들어간다
기도문조차 싸구려로 팔려나가는 세상
피조물인 나는 무슨 기도를 할 수 있다는 말인가
우리는 어디로 가야 한다는 말인가

# 꽃복숭아

꽃을 유난히 좋아하셨던 어머니 무덤가를
서성거립니다.
나는 평생 어머니에게 불안한 바람이었습니다.
눈을 감으시면서 조차
모난 자식을 걱정하셨던 어머니,
이제 자식 걱정에 뒤척이는 나이가 되어서
돌아보는 어머니 무덤가에
'나도 뜨거운 여자였다'라고 말씀하시는 듯
꽃복숭아 붉은 꽃이 활짝 피었습니다.
아직도 멈추지 못하고
불쑥 찾아와 어머님 무덤가 꽃나무를 흔드는
아들은, 먼 나라에서조차
어머니께서 보살펴주셔야 할
어린아이 투정의 바람인지도 모르겠습니다.
꽃이 유난히 붉은 봄날,
어머니 무덤가에 맑은 눈물을 풀어놓습니다.
자식의 눈물을 원하지 않으셨지만
오늘은 어머니 무덤 앞에서
한참을 울다 다시 돌아가도 되겠지요?

어머니, 저의 세상에
이렇게라도 계셔주시니 정말 고맙습니다.

# 상처가 도지기 시작했다

순서가 정해진 의무처럼 하루를 산다
피동적이다
왜, 실존으로 돌아가려는 걸까

나이테마다 꿈틀거리며 혈관이 터져 나와
꽃을 피우는 봄날의 사형집행이 시작되었다
칼날처럼 푸른 봄의 단두대에
목을 내어놓고
하늘을 올려다본다. 아, 하늘!
죄를 벗어놓고 떠나기에 좋은 맑고 푸른 봄날
꽃불 타는 나뭇가지 어디쯤
꽃봉오리 같이 슬픈 올가미 하나 걸어놓는다

실존은 왜, 자꾸 허망해지는가
퇴폐적이다
나를 부정하기 위해 또 하루를 산다

# 시에 대한 변명

당신을 사랑하지만
당신이 내 인생의 전체가 될 수는 없잖아요
그래서 오늘도
당신에게 고백하듯 사죄하듯
시를 씁니다

# 나이테

가끔은 과거를 말해도 된다
그러나
추억이란 말을 빌려
과거를 다시 살려고 하지는 말자
추억은
나무뿌리 위에 떨어져 썩는
시간의 나뭇잎이라 생각하고
가슴 깊은 곳에 넣어두자
지치고 절망할 때
부러지거나 잘려나갈 때 더욱
선명해지는
몸속에 나이테처럼

# 어머니 무덤 앞에서

내가 파먹은 어머니 뼛속을
훔쳐보다가
왈칵 울었네
아아!
나는 한 마리 분별없는
애벌레였구나

# 가볍다

나는 작고 가볍다고 말합니다
가볍다 말한다고 소중하지 않다는 것은 아니지요
우주에 놓여있는 한 개체에 불과하다는 겁니다
만물을 주관하는 영장은 아니라는 것이지요
나를 소중하다 여기는 만큼
다른 것을 소중히 여긴다면 누가 뭐라 하겠습니까
사회적 동물인 인간은
이미 무모하고 이기적으로 길들여져 있습니다
사물을 가볍게 바라보는 만큼
나 또한 그들에게 가벼운 존재가 되었으면
좋겠습니다
가볍다 말하는 것은
머리가 아닌 맑은 마음으로 솔직해지자는 겁니다
정직하게 고백하고
화해의 손을 내밀어보자는 겁니다
자기 분수를 알아 지키는 겸손을 말하는 겁니다
내가 내 자리에서
스스로 가벼워져 서로 흔들지 말아야겠습니다
그래야만 함께 살 수 있지 않을까요

# 잡동사니

잡동사니*
우리 모두 잡동사니의 한 부분이다
둥글거나 각이 지거나
뾰족하거나 뭉툭하거나
모두 놓일 자리에 놓여 숨 쉰다
고급지거나 싸구려 티가 나더라도
모두 자기 자리와 역할이 있다
물끄러미 바라본다
쌓여있는 하나하나 모두가
나의 전부이기도 한 부스러기였다
외상장부처럼 혹은
남아있는 대출금 상환 영수증처럼
작은 탁자 위에 놓여있는
시간의 다른 모양이
촛불 아래 어릉거리며 앙증스럽다


*잡동사니: 한 곳에 뒤섞여있는 잡다한 물건

# 햇살에 기대어

초겨울 창문 햇살에 기대어 너에게 간다
곁에 있지만 생각이 가로막아
얼굴 부비지 못했던
너의 햇살 같은 가슴을 찾아 기울어져 간다
무수하게 튕겨 나왔던
햇살 한조각의 가시처럼
날카롭고 뾰족한
너의 빗면에 기대어 편지를 쓴다
하얗게 지우기를 몇 번
게을러진 가슴이 슬그머니 나를 지우고
따뜻한 너를 들여앉힌다

# 나비

나, 비 쓸쓸한 비
후드득 내려
그대 슬픔가린 양철지붕 위로
날아가다
거미줄에 걸린 나비처럼
출렁거려
그대, 바다 그리고
바다 위를 날아가는 나는
비, 비처럼 아득한
뜨거운 나, 비

# 술주정

아버지 술주정을 하는 날이면
가족은 모두 문 밖에 나가서 떨어야 했습니다
추위에 떨며
자식들은 이를 바드득바드득 갈며
아버지를 절대 닮지 않겠다고 다짐에 또 다짐을 했습니다
세월이 지나고
시절이 바뀌어 어느덧 아버지가 되고 보니
나도 모르게
아버지 보다 더한 술주정을 하고 있었습니다
남의 일인 것 같지만
나의 일이고 이 나라 이 정부의 일입니다
망나니도 이런 망나니가 없습니다
한 번도 겪어 보지 못 했던 나라,
보아서는 절대 안 되었던 음흉한 가면 공화국
망나니들의 술주정에 칼춤에
오늘, 또 집 없이 거리를 떠도는
내 가족 내 자식들은 어찌해야 하나요?

# 낙엽

그들은 말없이 놓여있을 뿐이었다
지나가는 바람이 머뭇거리면서 그들의 몸을 흔들었고
아직도 돌아가지 못했군……
늙은 사람 몇몇이 지나가며 수군거렸다
따뜻한 불 좀 빌려줄 수 있나요?
시간이 말을 걸어올 때까지
그들은 마른 나무 아래서 말없이 시들었고
가끔 그들의 생사를 확인하듯
불빛이 검게 마른 어깨를 툭툭 치며 지나갔다
그럴 때마다
새가 어둠의 한쪽 구석을 비틀며 울었다

# 갈대가 있는 마을

어젯밤에는 갯물이 갈대마을 깊숙이 들어왔다 빠져나갔다
갈대는 발목을 물속 깊이 담그고 있었고
사람들은 수군거리던 입을 가리기 위해 약국 앞에 줄을 섰다
골목에는 병뚜껑이 떨어져 있었다
날개가 부서진 새의 주검 옆에는 삼베옷처럼
사용하지 못한 마스크가 알몸인 채 벗겨져 있었다
한 순간의 어둠이 곧 죽음이었구나
역사의 절반이 희극이라고 생각하는 것은
절반을 비극으로 인식하는 것,
파괴가 혁명인 줄 아는 어설픈 이상론자들의
어둠이 서서히 하늘을 가리기 시작했다
다시 바다 등대 꺼진 파도가 음모처럼 출렁거리기 시작했다
갈대는 발끝을 세우고 바다의 끝을 바라보았다
갯물이 빠져나가듯 밤이 지나고
햇살의 비늘로 번쩍이는 아침이 왔지만
갈대의 깊은 울음소리는
새벽 칼바람처럼 안부를 묻는다고 치료될 상처가 아니었다

# 화석

어느 날, 당신과 내가 만나
신이 정해 놓은 사랑의 경계를 넘는 순간부터

당신은 투명한 유리바위 속에 갇혀
붉은 꽃이 되고

나는 그 꽃 앞에서
영원히 당신을 바라볼 수밖에 없는 그림자가
되었다 해도

이 또한
먼 길을 달려와 다시 만나는 사막의 샘물처럼
고맙고 감사한 일

천형처럼, 그 사랑으로
살아 온 나의 부끄러움을 덮는 일만 남았구나

# 또, 갇혔다

오늘도 초미세먼지 나쁨,
설마 설마 몇 번을 뒤적거리다가
어깨가 오싹한다
코로나19는 멀리 떨어져 돌아가면 되지만
미세먼지는
무슨 방법이 없다
코로나19 때문에 못나가는 게 아니라
미세먼지 때문에 갇힌다
이 둘은 상관관계가 없을까?
서로 정보교환 하지는 않았을까?
통정하듯
함께 짝짓기하며 사는 듯한
허무를 생각하다가
뒤숭숭해진 잠자리가
이른 새벽에 깨어 찬물을 마신다
또, 갇혔다

# 귀로(歸路)

길을 걸으면서 다시 생각한다
숨 가쁘고 지루했던
인생의 반환점을 돌아가는 것 같아
더러는 무디고 길들여졌으리라
헐거워져 여백도 생겼으리라
오늘도 시간의 서늘한
바람 속으로 걸어 들어가겠지만
만만치 않으리라
사는 게 다시 돌아가는 길이니까
또, 길을 잃지 않기를

# 화가 난다

내가 싫어 화가 난다
나를 사랑하는 게
너를 사랑하는 것 보다 커서 화가 난다
버려도 버려지지 않는
나의 자리가
늘 너의 그늘이 되는 까닭에
화가 난다
나의 자리가 커야
네가 편할 수 있다 억지 부리는
내가
나 때문에 화가 난다
나에게, 화는
슬픔이었다는 걸 깨닫는다

# 그냥

그냥 보이면
인연처럼 너를 만날 뿐
억지로 찾아보려 하지 않는다
그 또한 지나가겠지만
지나감도 만남처럼 나를 지탱하는 힘
머물러있다면
내가 어찌
너를 만나 사랑할 수 있으랴
너를 만나는 일이 날마다
너를 떠나
새로운 길 위에 서는 일이니
오늘이 지나도, 너는
다른 모습으로 내 속에 있을 터이니
어찌, 그냥이
그냥 뿐이겠느냐

# 시(詩)

자꾸, 밟혀
피 묻은 사금파리
주르륵 피 흘리며 끌고 들어 간
상처 안에
바글거리며 파먹는
추상명사처럼
자꾸, 네가 아파

# 2부

## 천도(天道)를 읽다가

장자(莊子)의 천도(天道)를 읽다가
말과 변명으로 꽉 짜 맞춘
뻔뻔한 세태를 읽는다
내 것만 옳고 너의 것이 없는
한 사람의 어리석은 욕심이
세상을 얼마나 어긋나
삐거덕거리게 하는지

# 저, 눈[雪]

저, 눈
속까지 하얗다고 생각하는
모두 내려놓은 듯 가벼워 풀풀 날리는 꽃잎보다
떨어지며 녹아 아찔하게 나를 흔드는
그녀의 초경
뻐근하게 아파오는 허리저림 같은
저, 눈물
한 없이 가난한 듯 지쳐 돌아오는 노동같이
성스러운 위선

신이여, 오늘은
내려오면서 스스로 녹아 마른 땅에 스며드는
순한 양들을 고백을
기도처럼 시험에 들지 말게 하옵소서

# 코로나19

함부로 뱉은 말이
죄가 되어 돌아올 줄 몰랐었지
담아두고 쓰다듬어
따뜻한 위로가 되어야 할 말이
터진 입이라고 뚫고 나와
날뛰다 날카로운 칼이 되어버렸지
너희만 아픈 게 아니야
함부로 놀렸던 손과 발과 머리가
지구의 몸 전체를 도려내고
수술을 받고 있는 거야
오죽하면 아픔이
떠들지 말고 입 닥쳐라!
곁에 있는 너에게 건너가겠어

# 택배를 부치다

오늘도 기다리는 시간이 너무 길었다
작은 보따리 하나씩 들고 와서
상자에 담고
비닐테이프로 꽁꽁 싸매고
안부도 몇 자 적거나 간절히 담아들고
기다린다
보낸다는 것도 만난다는 것도
모두 기다림이라는 걸
확인이라도 하듯 오래 망설이다가
도장을 찍고 영수증을 받고
혹시 빠진 것이라도 있는 양, 자꾸
뒤를 돌아보며 문을 나선다
말이 너무 가벼워
보이지 않는 마음 넣어 보내는 거다

# 울컥!

울다가 웃는다
무얼 알겠어, 그냥 가볍게 바라보다
주르륵 눈물 흘린다
마음 없이
생각 없이 흐르는 눈물
내 것 아닌
내 마음의 것
어쩌면 진짜인지 모르는 그 것
뜨겁다
나를 버리고 내가 웃는다
울컥!

# 새벽별

뿌리보다 지독한 어둠의 끝을 살아본 적이 있던가
나를 부드럽게 감싸주고 있다는
흙조차 단단한 덩어리가 되어 나를 가로막을 때
캄캄하고 또 캄캄한 세상을 돌아 나오느라고
얼마나 힘들었는지, 라고 말하지만
평생 어둠을 벗어나지 못한
시린 뿌리의 웅성거림을 들어본 적이 있던가
새벽의 하루가 나뭇가지에 달리는 푸른 잎사귀처럼
그래도 소중하다, 생각이 들 때
아직도 남아있는 흐린 새벽별을 오래 바라보지만
항상 그 자리를 떠나지 못하고 있는
슬픔보다 더 지독한
생존의 질긴 뿌리를 내미는 것 같아
見義不爲無勇也\* 견의불위무용야
오늘은 어디로 갈까? 글썽글썽, 밤이 차갑고 깊다


\*見義不爲無勇也(견의불위무용야): 옳은 것을 보고 행하지 않으면
용기가 없다는 뜻으로 논어(論語)에서 차용함

# 첫눈

첫눈 내리는 날
아내가 서둘러 집을 나섰습니다
아직도 한창이구나
속으로 은근 좋아하며 저녁이 기다려집니다
창 밖에 눈이 그치고
짧게 머리를 자른 아내가 돌아왔습니다
빈손입니다
바깥 날씨가 갑자기 추워졌다는군요
코로나 방역 3단계가 되면
죄 없는 미장원도 문을 닫아야 된다고
서둘러
긴 머리를 자르고 염색하고 돌아온 아내

아아! 착각은 자유였습니다
전에도 그러했듯

# 천도(天道)를 읽다가

장자(莊子)의 천도(天道)를 읽다가
하늘의 도리가 사람의 도리임을 깨닫는다
목수의 수레바퀴 깎기가
내 몸으로 제 철을 읽어 농작물을 보살피는 농부나
아내가 짓는 밥솥 물의 분량처럼
쌀과 종류의 분별에 따라 느낌을 조절하는
여백이 큰 사람의 마음임을 읽는다
장자(莊子)의 천도(天道)를 읽다가
말과 변명으로 꽉 짜 맞춘 뻔뻔한 세태를 읽는다
내 것만 옳고 너의 것이 없는
한 사람의 어리석은 욕심이 세상을 얼마나
어긋나 삐거덕거리게 하는지
쓸쓸한 입동 세한고절(歲寒孤節)의 계절을 생각하게 한다
해야 될 일을 못하는 자와 하지 않아도 될 일을
마치 소명(召命)처럼 여기고 설쳐대는 자
아! 어리석고 어리석음이여
성문 법전에만 없으면 무슨 짓을 해도 괜찮다는
눈뜬 소경이여
내가 아니면 사람없다는 어설픈 지식인이여

무지몽매(無知蒙昧), 우리는
책 속의 쓸데없는 찌꺼기처럼
아직도 오만한 꿈속에서 깨어나지 못하고 있구나


*천도(天道): 장자(莊子)의 글

# "ㄹ"에 대한 기억

잘 걸어가다 문득 길을 잃는다
길을 잃어 글을 쓰지 못하던 시간도 있었다
"ㄹ" 받침을 가진 글자는
자꾸 무언가 하려고 꿈틀거린다
마치 길이 꺾인 골목을 걸어가는 듯
비틀비틀, 휘청휘청, 꼬불꼬불
기껏 가 봐야
나의 작은 공원을 산책하는 일이겠지만
그만큼 소중한 길도 없어
살아있는 일이 길인 듯
잃어버린 길이 때때로 몸을 밟고 지나간다

# 임진강

생살 비린내가 나던 풋풋한 것들아
알몸이 되어 엄마 아빠 놀이를 해도 부끄럽지
않았던
인숙아, 복자야, 동하야
지금 모두 어디에 살고 있을까?
두꺼운 옷을 입어도 자꾸 어깨가 시려오는 날
나는 아이가 되어
임진강 삘기밭 모래 언덕으로 달려간다

# 방어

큰 도로 변 육지도 횟집 수족관
커다란 방어가 지나가는 자동차를 바라보며
주둥이를 뻐끔거린다
잘게 썰려 접시 위에 놓인 방어의 살 속에서
기름 냄새가 난다
방어가 내 몸속으로 들어와
잘게 씹히는 한 젓가락의 살점이 되었구나
물고 물리는 야생의 짐승이 되었구나
꿈을 잃어버린 바다가
가로수 옹이처럼 단단해지고
바다를 잃어버린 부레가 풍선껌처럼 부풀어
쫄깃해진다
나를 버리고 천천히
바깥으로 스며든 내 몸 안의 풍경이 비리다

# 봄눈

책상 한 끝에
그녀가 접어놓고 나간 편지가 놓여있다
바람조차 불지 않는 밤
소리 없이 내리는 흰 눈 속으로
반쯤 묻힌 발자국이 길을 돌아 나갔구나
사랑하니까 떠날 수밖에 없다는
편지 위에 놓인 붉은 장미 꽃 한 송이
향기를 훔치다가
장미가시에 찔려 화들짝 놀라 깨어난다
꿈이었구나
그녀가 내 곁에 잠들어 있다
창 밖에는 아직 흰 눈이 말없이 쌓이고
기척에 돌아눕는
그녀의 몸에서 환한 들꽃 향기가 난다

# 분가(分家)

아내가 새로운 보금자리 꾸미기에 바쁘다
시골 산자락 낡은 집에
내가 좋다고 한 갑자를 붙어살았더니
큰 병원 있는 도시에 나가
문화라는 것도 느껴보며 살아보고 싶다고
작은 집 하나를 구해
새로운 살림 장만하기가 신접살이 때보다
더 신났다
자연도 사람을 가둘 때가 있구나!
시골에 붙박여
큰 도시 콧바람 한 번 못 쐬고 살았으니
바닷물고기처럼 숨을 쉬고 싶었던 게야
나는 시끄러워 싫지만
아내가 좋다는 걸 내가 어쩌랴
멋지게 살아보라고
그냥, 못 본 척 눈을 감아준다
어렴풋 잠 속에서
뒤척거리는 동해의 파도소리가 싱싱하다

# 가로등 · 1

어머니 마른 솔가지처럼 가벼워지고
아버지 점점 삭은 나무옹이처럼 뭉툭해진다
아아! 그 향기, 그 가벼움, 그 뭉툭함
모두, 송충이 벌레처럼 몸을 파먹기만 하던
나의 철없음일 텐데
오늘도 꿈속에서 어머니 웃고 계신다
아버지, 어두운 골목길에
나무뿌리처럼 웅크려 앉아 불 밝히신다

# 궁민(窮民)

찍어 먹어봐야 아느냐고요.
네, 그렇습니다.
둔하고 어리석어서 모자란 짓을 하며 삽니다.
똥을 된장이라 속이는 당신이 나쁘지
속은 내가 나쁜가요?
그렇겠지요.
어리석음도 죄가 된다고
거리에 나가 북 치고 장구 치고
똥인지 된장인지 모르고 촛불 들고 밤새우며
허상의 나라를 세웠으니까요.
내가 너무 어리석었습니다.


*궁민(窮民): 어렵게 사는 국민을 패러디한 말

# 조율(調律)


코드(chord)를 짚을 수 없다
자꾸, 굳은 손가락이 삐거덕거리며
음계 밖으로 빠져나간다
샾(#)이 되거나 플랫(b)이 되거나
삭아 없어진 목젖처럼
몸속의 흔들림이 잡히지 않는다
사막의 오아시스처럼
풍성한 화음을 꿈꾸며 살 테지만
가끔 엇박자로 놓이는 길도 있다고
절뚝절뚝, 그대 오는 소리
들리지 않는다. 보이지 않는다

# 들꽃처럼

잊어버리겠다는 건 내가 시들지 않겠다는 말
시들어 잊혀지지 않겠다는 말
날마다 피고 지는 들꽃처럼
너에게
아름다워지는 나를 다시 찾는 과정일 뿐이야

# 봉지커피

아이가 잘라 놓은 봉지커피를 마시지 못하고
허겁지겁 출근했다
밥은 못 먹고 닭가슴살 한 봉지를 주머니에
쑤셔 넣고,
4시간을 자고 나가는 아이에게 조금 더 일찍
일어나라는 말은 차마 하지 못했다
말 한마디가 죄스럽고 위태롭고 조심스럽다
날씨는 영하를 밑돌아 춥기만 한데
코로나가 아니라,
하루 먹고 사는 일에 배고프고 등 시려,
아이가 남겨 놓고 간 봉지커피를
차마 마시지 못 하고
먼 하늘에 비껴 뜬 흐린 햇덩이를 바라본다

눈물 젖은 빵이 아파트가 되어
기어코 겨울이 오고 마는 이 나라가 두렵다

# 사랑

내 몸의 약한 곳으로 스며들어 엄살 부리는 저것
늘 가슴에 밟혀
바스락거리며 돌아가지 못하는 애잔한 저것
분명 내 것인데
내 것 같지 않게 불쑥 찾아와 나를 흔드는 저것
마음도 한 때 불씨처럼 뜨거워야
눈물 흘릴 수 있다고 늦은 밤 나를 불러내어
가로등 아래 서성거리게 하는 저것
청동의 갈대숲을 달리는 알몸의 신녀(神女)처럼
밤마다 나를 시퍼런 작둣날 위에 서게 하는 저것
알몸으로 달빛에 흥건히 젖어
반란을 꿈꾸게 하는
날것으로 뜯어먹어도 피 한 방울 흘리지 않고
다시 날것이 되는 생뚱맞은 저것

# 여명(黎明)

뛴다. 저 갈대숲에서 시린 맥박이 뛴다
창과 방패가 되지 못하고
서걱거리는 갈잎 아래 머리를 묻고
어둠을 쪼아대던 참새의 부리 끝으로
시뻘건 태양이 물린다
뛴다. 시뻘건 핏덩어리 몇 개
된서리처럼 식지 않는
침묵이 시퍼런 칼날을 숨긴 채 뛴다
절망을 딛고
새벽의 분노가 핏방울처럼 튀어 오른다

# 공공근로

푸른 모자, 분홍색 가방, 노란 조끼를 껴입은 사람들이
하나둘 모여든다
저들에게는 아직 희망이 남아있는 걸까?
부스럭거리며 어깨를 펴보고 서로 지난밤 안부도 물어보며
닫았던 문을 열고 세상문턱을 넘어간다
진짜 희망일까?
꺼지려는 불씨를 간신히 붙들고 있는 안간힘일까?
일자리는 날마다 늘어간다는데
아파트는 무한수량으로 늘어나
점점 국민의 살림살이가 좋아지고 있다는데
비둘기공원, 나무틈사이로 스며드는 싸구려 겨울 햇살
한줌 어깨로 받으며
약속이나 한 듯 "예, 예, 예" 합창하며 엎드려 복명하며
어슬렁어슬렁 낙엽더미 속으로 사라진다
너무 일찍 알아버린 슬픔처럼
천천히 나무뿌리 곁으로 스며들어 얇은 몸을 웅크린다

# 벙어리장갑

너에게 내가, 나에게 네가
마음이 마음에게 꽃이 되지 못하는
저물 무렵 석양이 추워

가고 싶어, 가 닿고 싶어
마음 풀어놓고
오종오종 모여 시린 손가락 녹이며
따뜻한 체온을 나누고 싶어

네가 없고, 내가 없는
끼리끼리 우리만 모여 킬킬거리는
가슴 시린 날
꿀 먹은 벙어리처럼
장갑장갑
너에게 예쁜 꽃이 되고 싶어

# 손금

반듯하게 사는 게 이리 힘들었구나
품앗이를 마치고
막걸리 몇 사발에 단풍처럼 붉게 물들어
돌아오신 아버지
슬픔도 저리 얇고 가벼울 수 있구나
평생 자식들에게 숨기고 살았던
아버지의 손금,
자꾸만 가슴이 시려와
아버지 숙취 약을 사러가는 길
날마다 서툰 유서를 쓰듯 구불구불한
가늘고 긴 골목을 돌아 나와
인력사무소 앞에
옹기종기 모여 가슴 데우는 낙엽을
툭, 걷어차며 올려다보는 하늘
아버지 손금처럼
길 위에 또 길을 열어 푸르고 깊구나

# 갈대

눈을 감고 서 있는 저 사람
자그락거리며 씻기는 비단조개 껍질처럼
몸을 열고
흔들리다 돌아가다 다시 돌아와
바람처럼
빈 몸으로 울고 있는 저 사람

# 반딧불이

눈물이 사라진 숲이 차갑다
마른 나뭇가지에 가만히 위안의 손을 얹는 달빛
울타리를 넘어 온 불빛이 시리고 춥다

내 눈이 자꾸 나 아닌 다른 세상을 힐끔거린다
뜨겁고 열려있는 곳으로 눈길이 간다
내 것이 아닌 것에 자꾸 마음이 끌려 들어간다

이것도 나인데, 나도 이럴 수가 있는데
오지랖이 넓어지고
마음이 헤퍼져 세상이 조금 헐렁해진다
아니, 내가 나에게 너그러워진다는 게 맞겠다

내가 언제 나를 놓아준 적이 있었던가
움켜쥐었던 내 불온한 결핍의 힘을 슬그머니
내 손에서 풀어놓는다

바람이 불자 나무가 흔들리고
어두운 숲속에서 옷을 벗은 반딧불이 한 마리
반짝이며 날아올라 밤하늘 별로 뜬다

# 빈 의자

그녀가 앉았다 떠난 자리
왜? 안 오지
겨울이 가까이 와 있는가 봐!
외투 깃을 세운
억새가 마른 몸을 흔들며
하얗게 말을 걸어오고
우리도, 이제
돌아가야 할 시간이 되었지?
나뭇잎이 모여
서로 껴안으며 웅성거리며
가을비에 젖어들어

3부

---

## 팔랑개비의 춤

하늘의 노래를 부르는
인디언 추장 같다
아이가 부르는 노래는
바람이 풀잎을 흔들며 대지를 살찌우는
무형식의 호흡법

# 혀

구겨진 말이 휴지처럼 굴러다닌다
타고가다 벗어놓은 말들이
입동벌판에 울고 섰다
나는 늘 바람의 중심에 있었지만
방향은 불안했고
길은 언제나 상처로 남아 흔들렸다
저 쓰러진 말들이 단풍나무 아래
고삐를 묶고
말없이 동안거에 들었으면 좋겠다
흔들리던 붉은 열매 하나
침묵처럼 땅 위로 떨어져 내리고
머뭇거리던 너의 이름 속으로
물컹거리는 서투른 말의 혀뿌리를
밀어 넣는다
나는 단풍잎처럼 아름답지 못했다
길마다 수북이 쌓인
가을의 맞춤법이 햇살처럼 낯설다

# 낙엽 · 1

너에게 인사말을 준비해야겠다
사소한 일상사에 건네는 가벼운 인사말을
준비해야겠다
만났을 때, 헤어질 때,
마주치며 지나갈 때, 인사 받았을 때
무심하게 받지만 말고
인사하며 말을 건네야겠다
나도 사랑한다고, 나도 좋아한다고
고맙다고,
다시 만나고 싶다고
헤어질 때 슬프지 않게 너에게
다시 만날 기약의 인사를 준비해야겠다
인사란
서로의 존재를 확인하고 인정하는
감사의 표시가 아니던가

붉은 나뭇잎 하나 인사처럼
나무에서 뚝 떨어져 나에게 건너온다

# 낙엽 · 2

바위 하나를 쓰다듬으며
눈물 뿌리면
무너진 왕궁이 비틀거리며 일어선다
그 왕좌에 나는
낡은 역사책처럼 앉아있다
바람이 한 페이지를
슬쩍 펼쳐놓고 달아난다
비틀거리며 걸어 나온 왕조의
주렴이 다시 흔들리고
그 왕좌 위에
단풍잎 한 장 내려앉는다

# 낙엽 · 3

풍장 중,
아주 얇게 바삭거리며
부서질 수 있게
세포 하나씩 떼어
나누어 주고
먼 길 돌아갈 때
남아있는
가벼운 햇살 한 조각의
유일한
수취인이
너, 였으면 좋겠어

# 낙엽 · 4

어젯밤, 비 내리고 바람 불었구나
솔잎 지고
떨어진 나뭇잎 이리저리 몰려있다
날씨도 추웠는지
며칠 전 문을 연 활어회전문집
수족관의 도미가 배를 드러내고 누웠다
등지느러미를 꺾는다는 건
가을의 붉은 낙엽만큼이나 절실하다
늘 지나던 빵집 앞을 머뭇거리다
건널목 하나를 더 건넌다
이별과 그리움도, 나무 아래
잠시 멈춰 선 낙엽이라고 생각하면
안되나?
밤새워 쓰여진 편지 같은
가을 나무 아래
너에게 붉은 밑줄을 긋고 가야겠다

# 먼 길

나뭇잎 모양이
왜, 길고 짧고 작고 동그랗고
크고 넙적하고 좁고
울퉁불퉁하고 쪼개지고 갈라지고
모두 각기 제 모양 일까
길 가다, 문득
나무 아래 멈춰 서성거리려니
바람이 슬쩍 불어와
떨어진 나뭇잎을 붙들고 간다
함께 있어 그렇구나
함께 있어 기쁘고 슬프고 즐겁고
울다가 웃다가
때로 싸움도 하다가 화해하며
또 먼 길 가는 것이로구나

# 당신

나무를 나무로만 생각하지 않았어요
꽃을 꽃으로만 생각하지 않았어요

바람 불어 나뭇잎 떨어질 때
밤새워 왜 그리 내 몸이 흔들렸는지
까만 씨앗이 흉터처럼 남아있는
그대 집 앞 작은 정원을 돌아 나오며
오래 전 아문 상처가 왜 그리 붉게
쏟아져 내려 욱신거리며 아팠었는지

단풍잎 떨어져 텅 빈 산길을 걸으며
당신이 그리운 까닭도 알겠네요

나무를 나무로만 사랑하지 않았어요
꽃을 꽃으로만 그리워하지 않았어요

# 상사화

어머니 돌아가시고
평생 고집으로 살아오신 아버지
어머니 봉분을 껴안고
"여보, 미안해요. 정말, 미안해요."
서럽게 우셨다
그렇게 사시던 우리 아버지
가난하게 돌아가시고
효자인 척 하던 큰아들, 큰며느리
아버지를 슬그머니 화장하여
어머니 무덤가에 뼛가루로 뿌렸다
어쩌다 어머니 무덤 찾아간 날
어머니 꽃으로 피어
붉은 해 바라보시다가 시들고
아버지 밤마다
꽃 없이 무성한 잎으로 피어나
덩그러니 놓인 어머니 봉분 앞에
달처럼 푸른 눈물 흘리고 간다

# 쓸쓸한 고백

흐음,
쓸쓸함도 상대적인 개념이란 말인가?

둘이 있어야 할 자리에 뜨겁게 혼자 있는 것
네가 있는 자리에 내가 없는
깊은 곳을 바라보는 편향적인 시각이란 말인가?
너는 네 자리에 있는데
나는 내 자리에 있다는 확실한 존재인식이
텅 빈 자리를 만든다는 말인가?

가도 끝없는 길,
존재를 인식한다는 것은 가을 단풍잎처럼
확실한 절정을 고백하는 일이구나

# 봄으로의 이사

날마다 산만 내다보는 산골에 살다가
바다가 바라보이는 작은 도시로 이사를 했다
매일 나를 게으르게 했던 물건들
나르기 싫어
이 발로 차보고 저 손으로 밀어보고
아내는 봄 햇살 아래 물오른 수양버들처럼
출렁거리며 신이 났다
쓰다듬고 닦고 또 어루만지고
나와 달라도 너무 다르다
저렇게 반평생을 넘게 함께 살아왔다니
귀엽고 엉성하고 신기하다
내 일이다 내 살림이다 내 인생이다
투덜거릴 일이 아니다
열어놓은 창문으로 바다 있는 쪽을 향해
코를 내밀고 킁킁거려 본다
모두 애물단지고 모두 사랑이고
모두 추억이고 그리움이다
풀잎이 새들어 살기 시작한 마음 한 칸
이삿짐처럼, 시간이
내 인생의 하루를 잠시 푸르게 앉았다 간다

# 평창강

강물 따라
한참을 걸어 내려가다
느꼈네
내가 흐르고 있다는 걸
맑아야
소리 내며 흐를 수 있다는 걸
너와 나의 그리움이
사랑이
또, 그렇다는 걸


*평창강: 옛 명칭 사천강, 평창읍을 감싸고 흐른다.

# 녹색 오르가즘

나는 오늘
'썼다'를 '쌌다'로 읽는다
자꾸 배설이 생각나는 것이다
'카타르시스' '클라이맥스'
한판의 짜릿한 절망을 기대하는 것이다
시원하게 버린다
나는 오늘
'사랑'을 '불륜'으로 읽는다
일탈을 꿈꾸는 것이다
나에게서 내가, 너에게서 네가
벗어나고 싶은 것이다
가두고 쓰다듬는 추억이 너무 많아
슬픈 것이다
나는 오늘
'썼다'를 '쌌다'로 읽는다
탈출하고 싶은 것이다
저, 물 오른 녹색의 오르가즘 속으로
나를
밀어 넣고 싶은 것이다

# 혹(惑), 하다

사람이기 때문에
슬프게 인정해야 할 몇 가지가 있다네
그 하나는 죽을 때까지
자기가 어떤 사람인지 모른다는 것
또 하나는
다른 사람이 만들어놓은 길로 다니지 않았다는 것
마지막 하나는 죽으면서도
생명의 유한성을 믿지 않는다는 것
긍정적으로 사는 척했지만
모든 일은
나를 버리고 속이고 사는 의문뿐이었다네

# 해당화

버려진 역사를
변방에 와서 되짚어보니
너의 이름은 꽃이 아니었구나
너는 황족이었다
반역의 죄가 너무 커
유배의 몸이 된지
이미, 오래
너는 밤마다 바람의 뼈를 갈아
가시를 만들었구나

# 억새꽃

하얗게 피어 흔들리는 억새를
꽃이라 해야 하나, 씨방이라고 해야 하나
노을에 꿈이 젖는 줄도 모르고
억새처럼 환하게 흔들리고 있습니다
가을 길을 걸어본다는 것이
왜? 물들거나 흔들린다는 말로 들릴까요
쓸쓸한 이유를 댈 수 없이
빈 들판에 서있는
우리가 너무 멀리와 있는 건 아닐까요

# 그루터기

나이테 깊은 황톳길을 돌아가는 나무
숨소리를 듣는다

생각이 맑고 투명하면
깊고 높은 곳에 길을 만드는구나

한 곳을 중심으로 돌아
몸을 키운 가을, 나의 길을 생각한다

산중턱쯤 내려오다 걸터앉은
나무 그루터기

내려가는 길의 아랫도리가 헐렁하다
뜨겁다, 절로 숨이 가쁘다

# 시골집

마음의 정원이다

그리운 이름들이 모여 술렁이는
서리 맞은 자운영 꽃 속에서
오래된 너의 이름을 꺼내 읽는다
살아있었구나
나를 기다리고 있었구나
푸른 호박순을 잘라 한입 가득
너를 품는다
너의 몸에서
느티나무 낙엽 냄새가 난다

호박잎 쌈밥을 먹는다

# 오솔길

출렁거리는 바람을 탄다
돌배나무가 물컹거리는 마을을 지나
천천히 걸어가는 햇살
시든 풀잎이 한껏 몸을 휘였다가
하늘로 튕겨 오른다
가을의 투명한 뼛속으로 들어가
시든 갈대 뿌리를 적시며 흐르는
물소리에 귀를 기대고
자글거리며 타는 살 냄새를 맡고 싶다
내가 너에게로 가는
하여, 네가 나에게로 오는
돌 속으로 진한 무늬로 남고 싶다
가는 길과 오는 길이 하나뿐인
10월의 오솔길에서
날마다 수런거리던 내 꿈속의 말도
다시 들어보고 싶다

# 들꽃 · 1

모여 있는 꽃은 이미, 들꽃이 아니다 라고
말했더니
들꽃에 대해 뭘 아느냐고 묻는다
그렇지
나는 들꽃에 대해 아는 게 별로 없지
그리고
세계가 다른 그를 알 수도 없지
그러나 친구여,
나는 우리의 야생성에 대해 말하고 싶었다네
자기만의 색과 향기와 가치를
숨김없이 발휘하는 정직성에 대해
말하고 싶었다네
모여 있으면 꽃도 처세를 알아야 한다고
그 속에 섞여 어울리고 부대끼며
물들어가다
결국 자신을 잊어버리고 마는
혼란한 시대에 대해 말하고 싶었다네
섞여 산다, 더불어 산다
모두 솔직함만 못하다는 것을 친구여

그대, 세상을 살아오면서
이미 느껴 알고 있지 아니한가
들꽃은
자기들 끼리 모여 피는 같은 꽃이 아니라
곁에 있는 다른 꽃이라네

# 들꽃 · 2

이 길이 그대에게로 이어져 있는 걸
알 것도 같아요
내 몸속을 돌고 돌다 보면
그대 가는 길목에 가 닿겠지요
당신은 당신의 길을 가고
나는 내 길을 걸어왔지만, 이제
알 것도 같아요
당신과 나는 또 다른 길 위에 서고
남는다는 걸
그것이 사랑이라는 걸
그리고
돌아오는 길은 하나뿐이었다는 걸

# 쓰레기

오랜만에 느껴보는 출렁거림이다
뚝, 떨어져 뿌리로 돌아가는 나뭇잎처럼
얼마만인가
나에게서 버려졌던 것들이 모여
커다란 스크럼을 짜고
럭비선수처럼 나에게 힘껏 달려든다
아름다움이란
허전한 시간 위에 얹히는 나뭇잎처럼
고운 빛깔이구나
2년 가까이 문을 닫았던 매점 문 앞에
쓰레기봉지가 여러 개 나와 있다
말려 둔 장작에 불이 붙듯
주인의 가슴에서 말라붙었던 희망도
자글거리며 불붙어 타 올랐을 것이다
이사 가듯, 소풍가듯 몰려나와
술렁거리고 있구나
그녀 매장에도 깜빡깜빡 불이 켜지기
시작했다
모여 있는 쓰레기가 내 살붙이 같다

# 팔랑개비

아이가 좋아할 때는
팔랑개비 춤을 춘다
발목을 안으로 꼬았다가 바깥으로 풀면서
손을 올렸다 내렸다
온몸으로 춤을 춘다
바람에 흔들리는 작은 나무 같다
가지와 푸른 잎을 흔들면서
하늘의 노래를 부르는
인디언 추장 같다
아이가 부르는 노래는
바람이 풀잎을 흔들며 대지를 살찌우는
무형식의 호흡법,
사랑에 이유를 달지 않듯
아이 춤 또한
다리 없이 서로에게 건너가는 원시의
사랑법이니
무엇을 알아서 춤을 추랴
자연의 노래를 온몸으로 따라 부르듯
빙빙 돌면서

아이가 풀밭에서
팔랑개비 춤을 춘다


*팔랑개비: 바람개비의 사투리

# 벽

툭, 걸려든 발목 하나
누구 것인가
수많은 발목이 모여 길을 만들었을
저 벽돌 속으로
무섭게 질주하는 자동차가 보인다
수직으로 놓인 벽 위로
수없이 걸었으리라
저, 작은 풀꽃들
벽이었을 상처 속으로
맨살을 끼워 넣으며
날마다 푸르게 절망도 하였으리라
이제 수평으로 놓여
길을 만들며
너의 이름을 불러본다
부서진
뼛조각이 이빨처럼 가지런하다

# 슬픈 거짓말

차라리,
그냥 앉아있다고 하는 게 옳겠다
생각이 또 생각을 씻어
하얗게 게우고 또 뒤집히는
어슬렁거리며 기어 나온 추억 몇 개
편의점 의자에 걸터앉아
안부전화를 한다
철썩철썩 빨아 헹구는 추억의
갈피에서 툭 떨어진
사랑 몇 조각 오래 씹으며
너를 생각한다
잊는다는 건 생각하는 것보다
더 질기고 모진형벌이다
가까이 있으면서
너를 그리워한다는 건
슬픈 거짓말이라는 걸 깨닫는다

# 핑크뮬리

눈을 감고 손끝으로 핑크빛 물결을
더듬어간다
고요하다
고요한 것보다 더 깊은 음악이 없다고
없는 곳에 닿은 내 몸이
구름처럼 떠올라 풀잎 소리를 듣는다
꽃이 아니다
그렇다고 풀은 더욱 아니다
내가 이미 너의 품 안에 들었으므로
나는, 너의 작은 우주


*핑크뮬리: 수입종 화초, 분홍색 억새로 불린다.

# 4부

---

# 살아있어 내가 뜨겁다

오늘, 작은 가지에 꺼지지 않는 촛불을 켠다
길이 끝나는 곳 어느 바다에서
내 첫사랑도 노을처럼 불타고 있겠다

# 그대에게

나뭇잎이 무성할 때도 나는 고독했다
가을 나뭇잎이 뜨겁게 타오를 때도 나는 고독했다
나뭇잎 모두 떨어져 나무가 빈 몸으로 고독할 때도
나는 고독했다
뒹구는 낙엽을 밟으면서도 나는 고독했다
고독이 독백처럼 고독했다
몸과 마음이 뚝뚝 서로 떨어지면서 고독했다
혼자 있어 더욱 고독하고 맑은 빈한(貧寒)의 차오름이여
나는 항상 나와 함께 있어 고독했다
가득 차 있어, 날마다 혼자 깨어 있어
나는 혼자 고독하고 또 고독했다, 그대에게

# 만추(晩秋)

누가 나를 지켜보고 있다는 생각은
하지 않는다
그래도 가끔 주변 둘러보고 싶어진다
누구를 기다린다는 말인가?
생각은 가끔 몸과 따로 놀 때가 있다
너무 쓸쓸한 까닭에
나를 들키고 싶지 않을 때가 있다
그러나 어쩌랴!
우리는 함께 웃고 있지만 늘 혼자이고
어울려 있을 때
더 쓸쓸해지는 열등한 나의 주변을,
가을 산 속에 바람이 차다
바람이 남겨두고 떠난 듯
샘물 속에 뜬 또렷한 갈망 하나
별처럼 끌어안는다
그대가 멀리 있어 많이 춥고 아프다

# 양파

갈까? 하다가 모두 한 곳에서 멈춰 선다
늘, 그래왔지
주변에 당신이 있어 그렇지 라고 했다가
그래도 그렇지
언제나 나의 것인 인생인데 하면서
다시 망설인다
지금이라도 갈까? 너에게로
망설임과 망설임이 모여 웅얼거리는
담 모퉁이
항상 그 자리에서 글썽거리는 눈물처럼
아린 그길
시간이 추억처럼 또 한 겹 얇아졌구나

# 사랑

아내와 친구가 되어 놀아주는 일이
사랑이구나
늦은 밤 일어나
곤하게 잠든 아내 숨소리를 들어보는 일이
사랑이구나
사랑을 고상한 것이라고 생각해
날마다 포장하느라
사랑하지 못한 시간이 너무 길었다
사랑 아닌 것이 자꾸
사랑이 되어 나에게 말을 건다
듣지 않고 사랑하리라
길가다 눈에 띈 젖은 나뭇잎 한 장처럼
그냥, 말없이
따뜻하게 바라보는 일이 사랑이구나

# 자연(自然)

자연(自然)을 좋아한다니
산책길에 만난 사람이
당신이 좋아하는 자연이 무엇이냐고
묻습니다
사람은 빼고
순리를 따라 존재하는 생명이고
물상이라고 답하고
자연한테 물어봐야 할 걸
왜? 나한테 묻느냐고
되묻습니다
씨익, 웃으며 글쎄요? 하며
이게 자연입니다
그 사람 말없는 말을 하고 갑니다

# 푸른제국에 대한 충성

푸른 나뭇잎이 모여 수런거리기 시작했어
바람의 방향이 달라졌는걸,
바람의 냄새가 달라,
우리의 반란은 이렇게 시작되었어
생존이기도 한 우리는 이렇게 수런거리며
옷을 바꿔 입기로 했어
나를 감싸주었던 따스함에 대한 예의였고
내 몸을 달구어 주었던 뜨거움에 대한
경의의 표시였지
존재했던 푸른제국의 향수에 대해 충성!
옷을 갈아입고 고마움을 전하는 양
나의 목에 단단한 비늘이 돋기 시작했지
이렇게 맹서를 하며
나의 자존은 대나무의 탄력처럼
바람이 불어가는 쪽으로 휘어지고 있었어

# 들꽃에게

왜, 큰 녀석은 버려두고
작고 초라한
너희에게 자꾸 눈이 가던지
아이의
맑은 눈을 바라보는 동안
부끄러워
얼마나 먼 길 흔들리며
걸어왔던가!
내 안에
초라한 그에게 말걸어본다

# 작은 꽃에 대한 상념

흔들리는 작은 꽃을 오래 바라보았습니다
바람이 없어도 흔들리는
저 꽃을 따라 나도 자꾸 흔들립니다
흔들리는 이유야 있겠지요!
그러나 말할 수 없습니다
꽃을 따라 흔들리는 내 맘의 까닭을 모르는데
언감생심 저 꽃의 흔들림을 알겠습니까
모두 내 억지이긴 하지만
바람이나 벌, 아니면
내 마음속에 번데기를 틀고 눌러앉아 버린
들키고 싶지 않았던
단단한 그리움이나 그 상처의 흔적,
뭐랄까? 이도저도 아니면
어쩌면 애증의 출렁거림인지도 모른다고
해두지요. 그날의 흉터처럼, 갈망처럼

# 가을 숲

참, 깊다. 고요하다
나뭇잎 색감도
가을 숲속으로 난 상수리나무 오솔길도
잎을 털어버린
단단한 근육질의 나무도
혼자,
깊고 아늑하다
쓸쓸함을 기대도 되겠다

# 시월야(十月夜)

꽃 그림자 스며든 바위에서 향기가 난다
가슴을 털어 낸 가지런한 나무 뼈에 불붙어
산천이 타는 듯하다
한 동이 물을 마시고도 가시지 않는 갈증
살아있어 살아있어 내가 뜨겁다
오늘, 작은 가지에 꺼지지 않는 촛불을 켠다
길이 끝나는 곳 어느 바다에서
내 첫사랑도 노을처럼 불타고 있겠다
산 위에 올라 멀리 고향 마을을 내려다보니
깜박깜박 켜지고 또 꺼지는 불빛
앞마당 가득타는 모깃불처럼 눈시울 젖어
아버지 굵은 목청도
달빛 젖은 육자배기 탁주사발에 그득하다

# 쭉정이 꽃

쭉정이를 가졌다는 건
꽃을 피웠었다는 말이 아니던가
길고 지루한 장마를 견뎌내고
저 풀 대궁이 꼬투리를 달았다
가까이 다가가서 쓰다듬어보니
바스스 꽃집이 부서진다
아아! 열매를 갖지 못했구나
갑자기 서울로 떠난 분이언니가 생각난다
종갓집 아이를 낳지 못해
스스로 물러나 떠나간 서울살이
바람이 불고
꿋꿋하게 살아 꽃을 피웠구나
혼신의 힘으로
어두운 땅속의 눈물을 끌어올려
마른하늘에 꽃을 피웠구나
쪼그라들어 붙은 시대의 배꼽 같은
쭉정이 꽃 옆을 지나며
한참을 기웃기웃
깊은 세상에 다리를 놓아본다

참, 고맙고 예쁘다
가을 하늘 시퍼렇게 눈을 뜨고 살아
맑고 깨끗하구나

# 돌아가는 길

내 몸의 세포가 조각조각 떨어져
근원으로
돌아가는 들판
가을은 너무 투명해서 슬픈지도 모르겠군
더러는 부서져 날아가기도
또, 더러는
잡은 손을 놓지 못하고
매달리기도 하면서
단단한 뼈조차 천천히 썩어 맑아지고
비워지는 자리
비로소 무성함에 가려졌던
내 모습이 보여

# 가을비 · 1

가을비는 발광하는 눈을 가졌다
눈물로 씻은 나뭇잎이 기도처럼 맑고 투명하다
절실함에 닿아있는 바람은
가끔 푸른 잎에 칼금을 긋고 지나가지만
흔들림은 나의 남루를 벗어내는
깨끗하고 고독한 의식이었으니
가을비는 푸르름조차 씻어내는 신의 눈물
천천히 불붙어 뜨거워지리라
내 몸에 나를 태우지 않고 무엇이 남겠느냐

# 가을비 · 2

바람이 부는 것 같았어
어디서
헐거워진 문고리를 잡아당기거나
툭툭 치며
잠을 깨우는 것이었어
"나, 이제 떠나요"
이른 새벽 아픈 빗소리였어
유리창 모서리를 흔드는 그녀의
눈이 젖어 있었지
날마다 무심했던 사랑
이, 또한
지나가겠지만
불에 데인 나뭇잎처럼 많이
아플 것 같았어

# 가을 · 1

계절의 끝에 서보는 일은 엄숙하다
이별을 한다는 것
그리고 남아있는 자를 위하여
변명 하나쯤 남겨두어야 한다는 것
들판 가득 고개 숙이고 기도하는
저녁의 고해성사같이
헤어짐의 절차는 무겁고 경건하다
다시 돌아오겠다는 약속은
눈물겨운 위로,
나의 들판은 혼자 많이 쓸쓸해졌다

# 가을 · 2

가을이 걸어가는 길목에 꽃이 성글다
더러는 일찍 돌아간 모양이다
듬성듬성 꽃이 빈 자리
마음이 들어가 앉아
억새풀처럼 덜컹거린다
창가에는
외상 손님처럼 따뜻한 볕이 들었다
네가 가는 길목에
노을처럼 타는 들꽃도 있으리라
내가 너에게 건넸던
그날의 편지처럼
사랑도 물컹거리며 익어가고 있겠다

# 단풍나무 아래에서의 사색

곱게 화장을 마친 그녀가
단풍나무 아래에서 사진을 찍는다
손이 붉다 가슴이 붉다

서걱서걱, 그녀가
가슴 언저리에 쌓인 시간을 벗으며 간다

몸속으로 들어 간 단풍잎은
또 오랜 기간 숙성이 필요할 테다

바람 불고 자취 사라지면
항상, 그리워하겠지만
너의 허상을 품고 살지는 않겠다

# 시들다

말없이 천천히 떠나고 있습니다
조금씩, 어제보다 한 뼘 멀리
혹은 뿌리에 가깝게
말없이 조용히 떠나가는
그들 옆에
떠나기 싫어하는 사람들만 시끄럽습니다
바장거리며 타는 몸이
불덩어리 보다 뜨거워졌습니다
떨어진 몸 위로
사각거리며 밟히는 바람 같은
투명한 햇살의 가벼움,
내 몸도 이제는
한줌 재가 되어 떠날 모양입니다

# 숨바꼭질

나는 지금 많이 게을러서
옷을 물에 흔들어 빨랫줄에 걸어놓고
마당의 저 풀들에게
나 잡아봐라 요쪽으로 조쪽으로
피해 다니고 있습니다
아니, 그대를 찾아가고 있습니다

# 꼿닙

가비 얇다 가비 얇다
나풀리듯 가비 얇다
얄바진 꼿 이파리
바람 업시 나들리어
꼿 마냥 바려질세라
가비 얇다 가비 얇다
설븐 해살나비
궁그른 호꺼비처럼
가비 얇다


*꼿닙: 꽃잎을 고전 발음대로 풀어 적었음.

# 귀뚜라미 · 1

돌이 우는 거야
밝은 달빛 가슴이 너무 시려
몸으로 우는 거야
단단한 울음이 아니고서야
시려오는 가슴을
어찌 버틴다는 말인가
저 깊고
맑은 소멸의 소리,
가을 밤
한생을 끌어올렸다 내려놓는
사랑이 우는 거야

# 귀뚜라미 · 2

나를 자꾸 끌고 들어가
어두운 밤하늘 몸속에 나를 자빠뜨려
가끔 엇박자로 빈 가슴을
훅, 치고 들어올 때
그 사내 쓰러져 울던
길 옆 고양이싱아 꽃냄새가 그랬어
울음이 알을 낳아
오색 무지개가 된다는 걸
이슬을 보고 알았지
태양의 혀가 짧아질수록 투명해지는
별을 보았다고나 할까
이른 아침 문 앞에서 받아든
너의 편지처럼
깊고 고요히 흔들렸다고 할까
땅 끝 심지를 당겨
자기 몸을 태우는 지독한 사랑이었지

# 포도주

누구나처럼 그냥 만나는 건 싫습니다
의미가 있어야지요
그냥 있으니까 좋은 거라는 건 싫습니다
그 속에 나와 그대가 없으니까요
아무 때나 생각날 때
무조건 만나는 것도 싫습니다
만나지는 거니까요
그대와 나 사이, 마음 깊이 스미는
맑고 고운 술 한 병 있었으면 좋겠습니다
포도주도 좋고요
막걸리도 좋고요
소주도 좋습니다
나와 그대를 위해 있는 것이니까요
그대, 오늘
햇볕 아래 잘 숙성된
낙엽표 가을 술 향기 한잔 어떠세요?

# 옹알이

흐음!
아이에게 밥을 먹이는 엄마,
받아먹는 아이들 입이 참새주둥이처럼 예쁘다
과거와 미래 때문에
우리는 오늘 아픈 것이 아닌가?
아이들 앞에서 내가 부끄러워진다
받아먹는 아이들이
밥을 주는 엄마의 마음을
순하게 다독이는 평화로운 시간
아아!
오래 되었구나
나의 밥이 되는 책을 펼치지 못한지……
아이들 옹알이를 듣는다
경전 같은, 비급 같은
돌아가고 싶다. 맑아지는 저 서투름 속으로

# 저, 꽃

저, 꽃 앞에 무릎 꿇고 참회의 유언장을 써야겠다
꽃이 시들며 많은 씨앗을 날려 보냈으나
나의 주위에는
시들어 떨어진 빈 죽정이 몇 개의 사유가 남았을 뿐
남은 것도 남길 것도 없구나
오로지 내가 할 수 있는 일이란
너를 위해 조용히 자리를 비워주는 일
이, 또한
시간이 지나면 삭풍에 날려 티끌처럼 사라지리니

# 5부

---

# 이별을 사랑이라고
# 말하지 못하겠다

절망을 희망이라고는 말하지 못하겠다
너와 나의 만남과 기다림이 그랬다
너는 언제나 먼 곳에 있었고
나는 언제나 그 길의 끝에 매달려 흔들렸다
겨울 눈 속에 붉은 오미자 열매처럼
눈물은 언제나 뜨거웠고
사랑은 흰 눈처럼 순수했지만 위험했다

# 비비추

왜, 할머니 은비녀가 생각나는 걸까
어린 손자 옆자리에 누이고
옛날얘기로 긴 밤을 새우시던 할머니
장맛비 눅눅한 안부가 궁금해
비둘기공원 산책로를 걸어 내려와
작은 돌 틈 사이 기대 선
보랏빛 쪽진 머리,
꽃잎 끝에 매달린 빗방울처럼
글썽 글썽
왜, 할머니 은비녀가 생각나는 걸까


*비비추: 들꽃의 이름

# 빗방울

꽃봉오리 끝에 맺힌 빗방울이
참, 예쁘지 않나요
향기가 고여 맺혔다 생각하니
더 투명하고 맑지요
예쁘다 꽃을 바라보며
코로 향기를 맡지만
시각적으로 향기를 느끼게 하는
빗방울
너무 향기롭고 맑지요
혼자 묻고 대답하는 사이
낯선 여자처럼
붉은 꽃잎 한 장 피어납니다

# 파격(破格)

인생의 파격을 한 번도 경험하지 못한
털팽이라
날마다 세상의 골목을 기웃거리며 산다네
대로(大路)야 사람 사는 대로
제대로 사는 사람의 예약된 몫일 테니
나는 언제나 이방인,
털 난 달팽이처럼
파격 없는 세상에서
매일, 보도 듣도 못한 파격에 깜놀하며
나를 속이고 살아간다네


*털팽이: 침착하지 못하고 덤벙거리는 사람을 일컫는 말
*깜놀: '깜짝 놀라다'를 장난스럽게 쓰는 말

# 실종신고

내가 나를 자꾸 잃어버린단 말이야
안경 잃어버리는 건 일도 아니고
사람 잃어버리는 것도
내 하기 나름일 텐데
어느 틈에 슬그머니 빠져나가
돌아오지 않는 나를 도무지 알 길 없으니
결국 나를 배신하는 것도
나라는 말인데 믿을 수 있어야지
나를 버린 것도 나였다고
날마다 나를 찾아 나설 수도 없으니

# 소신공양(燒身供養)

통닭집 나무 아궁이 불이 들어간 지 오래 되었다
날마다 소신공양하던 매끄러운 다리에 군침을 삼켜본지도
며칠 되었다
아궁이 문고리는 녹슬었고 뚜껑 손잡이는 거미가 집을 지
었다

어제저녁 토해놓은 울분덩어리를 햇살이 콕콕 쪼아 터트리
는 아침
목구멍이 포도청이라 나는 그 옆을 이방인처럼 힐끗거리며
지나가면서
반란을 꿈꾼다

평생 정공법으로는 한 번도 이겨 본 적 없는 전쟁이었으니
스님 불 들어가요,
새벽 맷바람부터 터무니없는 반란을 꿈꾸는 것이다

주차금지 줄이 쳐진 가게 앞을 지나며
누구에게나 침범을 허용하지 않는 뜨거운 영역이 있구나
생각한다
아침 시간의 옆구리 사이를 빠져나가면서
또, 카페 앞에 잘 자란 붉은 꽃을 힐끔거리면서

# 낙화(落花)

지난 밤
바닷물이 마을 깊숙이 들어왔다
빠져나갔다
미처, 돌아가지 못한 바다가
해당화 붉은 가시에 찔려
비틀거린다
아아! 아리고 진한 향기
책받침 없이 꾹꾹 눌러 써 놓은
고향의
슬픈 이름이 핏물로 배어 나와
꽃잎처럼 아프다

# 꽃 · 2

털이 숭숭 빠진 저 엉거주춤함 굿당 깃대 끝에 매달린 한
폭 하늘 영험한 예언처럼 흔들리는 작은 우주 바람 섬 터지
는 분노 탄생과 은밀한 사랑 그리고 비밀 흥정이 끝난 썰물
앵혈처럼 순결한 애증 한 꼭지 서툰 열매 자유스러움 편안
함 행복 만족 여유로움 즐거움 아름다움 가벼움 맑음 정직
평화 투명하고 선함 희망 기도 아침 꿈 어둠 속에 뜨는 해
그리고 꽃, 당신

# 마음 지우기

지운다
쓰다가 지우기를 몇 번
그렇게
너를 기다린다
없지만
있다
비어서
마음 만져지는 그곳에
자꾸
나를 지우며
기다리는
너

# 잠시 비가 그치고

부르지 않아도 스스로 걸어 들어가 불타는 비릿한
살 냄새
누가 풀잎을 짓이겨 덧난 상처 위에 바르고 있는지
지나가다 툭툭 걸리는 자주닭개비의
시퍼런 눈길이 뜨겁다
아니, 칼날같이 푸르게 살을 베고 지나간다
차라리 울음이라면 좋겠다
잠시 비가 그치고
비둘기공원을 가로질러 가는 여인의 쓸쓸함에는
왜, 단물이 고이는 걸까?
막차처럼 시간을 당겼다 놓는
추억 속으로 성큼 걸어 들어온 가을 해 그림자가
노을처럼 짧고 붉다

# 꿈에 대한 편견


공중에 매달아 놓은 꿈은 사각이다
만나는 평행선이 꺾여있다
칼을 품고 있는 것이다
방어의 날카로운 이빨을 드러내고 있는 것이다
몸이 둥근 나는 언제나
한 곳에 상처가 나야 멈춰 설 수 있다
우리의 꿈은
가시처럼 뾰족한 상처 위에 서있다
단단한 괴물이 되어
너를 보호한다는 거짓의 보편성으로
반듯한 척 부당한 거래를 꿈꾸는 것이다
단단한 저 건물은
집은
또 그곳에 깃들어 사는 사람, 너는

# 엘리베이터

누가 살고 있을까? 무엇을 할까?
나는 올라가는데
너는 왜, 내려오려고 할까?
우리는 날마다 높이 오르려고 하지만
늘 제자리로 돌아온다
누군가, 또 기다리는지
사층 칠층 삼십층 불이 깜박거린다
한 발 차이로
너도 시간을 놓쳤는지 모르겠다

# 꽃잎은 빗방울을 무겁게 안을 줄 안다

저기, 휘청거리며 걸어오는 사내
맨발의 흰 발목이 보인다

붉은 꽃잎 속에서
그 사내의
긴 속눈썹이 가늘게 떨리고 있었다

꽃잎의 발등을 내려다보며
귀를 내밀고 뒤척이던
꽃들도
천천히 젖는 비의 무게를 아는지

글썽글썽
밤늦도록 잠들지 못하고 있었다

# 마스크

그냥, 그렇거니 생각하며 살아가세요
생각 따로 마음 따로 몸 따로 가는 세상
그냥, 그렇거니 가던 길 걸어가세요
작은 망설임에도 적당한 거리가 있어
입 가리고 얼굴 돌리고
당신, 지금 떨어져 살고 있잖아요
온전히 남는 건 나의 시간 뿐
내 길을 알아야 남 귀한 줄도 알지요
그냥, 그렇거니 살아가세요
이미 먼 길을 걸어
그곳에서 그대 다시 만나게 될 터이니

# 변방시인

세상을 향해
무슨 시를 쓴다고 말할 수 있다는 말인가
나는 세상이 전해주는 편지를 겨우 받아 읽을 뿐
오독의 수준을 벗어나지 못하고 있으니
무슨 시를 읽으라고 너에게 감히 청할 수 있다는 말인가
이것은 시가 아니다 라고,
시와 시인이 죽은 시대라고 오만을 떨 수 있다는 말인가
들판 가득 오늘도 비 넘쳐흐르고
푸르게 적어 보낸 편지에서 생비린내가 난다
차라리 푸른 피의 혈서라면 좋겠다
잠시 비가 멈추고
고요한 시간만이 나의 영토가 되어 섬처럼
나비 문신 속으로 스며든다
아프지 않다. 시는
이미 죽고 몇몇 시인은 이미 변방의 주술사가 되어
부적처럼 세상을 저주하기 시작하였으니

# 허물

앞산 구름을 바라보다가
너를 잃어버린다
순간을 잃어버렸지만 몸 전체가
허전하다
너를 잃어버린다는 건
푸른 들깻잎 위에
또 다른 풍경을 벗어 놓고
오래 바라보는 것
너였구나!
내, 쓸쓸함의 절반을 싸고돌던
바람처럼
순간을 잃어버린
빈 자리의 흔들림이었구나

# 쫓겨나다

아마 유년시절의 도로였을 것이다
많이 달라졌군
두리번거리며 포장된 언덕을 오르다 자동차 핸들을 놓쳤다
화들짝 놀라 깨어나는 아침
눈을 떠 보니
아내는 곁에서 웅크린 채 잠이 들었고
글을 쓰다만 종이는 구겨져 머리맡에 놓여있다
또, 시간을 놓쳤군
나의 하루는 모호하게 늘 자의 반, 타의 반으로 시작된다
아니 타의가 더 많을지도 모르지만
함께 살아가는 일이라 자위하고
교통사고의 꿈이 길몽인가 흉몽인가 궁금해 하며 길을 나
선다
해몽은 하지 않기로 한다
어차피,
세상은 다시 풀어야 할 불확실한 사건이 기다리고 있을 터
자동차 시동을 켜고 도로주행을 시작한다
꿈을 위해 TV는 보지 않기로 했다

# 눈을 흠뻑 맞아보는 것이다

하얀 나비를 먼저 보면
훌훌 털고 떠나는 가벼운 영혼을 만나게 될 것이라고 두려움에
떨기도 했었지
노란나비를 먼저 보면
기쁜 손님이 찾아올 것이라고 설레이며 뾰조록 돋는 푸른 싹을 찾아
들판으로 달려 나가던 시절이 있기도 했었지
모두 배부르고 따뜻한 봄을 기다리던 한창 때 쓰는 말이라고
나비 떼, 나비 떼, 배추흰나비 떼, 저기 가벼운 영혼
하얀 눈으로 날리는
한 겨울 창 밖 나비 떼를 바라보며 혼자 중얼거리다가
이런 날이면
하얀 눈밭에 눈덩이를 굴리며 가는 투명하고 푸른 애벌레가 되고 싶어
다시 하얀 나비가 찾아오면
꽃 속에 묻혀
눈 맞은 아이처럼 즐겁게 며칠을 뒹굴어 볼 것이라고
다시 노란나비가 찾아오면 늦었지만 떠나리라 떠나가리라

낡은 행장을 꾸려 그냥 네 집 앞에 서보리라고 밖으로 뛰쳐
나가
눈을 흠뻑 맞아 보는 것이다

# 눈[雪]

내가 찢어버린 하얀 비망록 갈피 조각이다
하얀 피에 젖은 달빛아래 창백한 꽃잎이다
날개 부러진 바람의 슬픈 독백이
겨울 나뭇가지에 앉아 고독하게 우는 밤
내리다 지워지고 날리다 다시 내려앉는
나의 바다에 흔들리는 너란 섬이다
날아가 버린 가벼움에 대한 투명한 상징
안개가 지워버린 하얀 역설의 꽃무덤이다
눈은.

# 겨울꽃

겨울 나뭇가지에 매달린 푸른 주머니 벌레집
바람이 사각거리며 어둠의 껍질을 벗기는 소리를 들으며
잔뜩 움츠린 몸을 더 단단히 구부린다
흔들림이 구부림이었다는 거
결국 웅크림이 내 안에서 자꾸 나를 흔드는 고요한 파문,
둥근 몸 안으로 스며들어
웅웅거리며 제자리 돌던 숱한 불면의 밤이여
단단한 껍질이 춥고 어두운 세상의 방호벽을 만들었구나
껍질이라는 거,
안쪽에서 천천히 스며 나와 핏물 배인 아픈 상처였다니
세상을 향해 조금 헐거워질 만도 한데
그 쓸쓸한 뒷자리가 흉터처럼 자꾸 가렵고 쓰려
곪아 도진다
겨울 나뭇가지에 매달려 몸 안에 핀 겨울꽃 같다

# 무인도

굴속에서 마스크 쓰고 일하는
개미인간이 될지도 모르겠다
오전 5시 30분, 초미세먼지 나쁨
또 발목을 잡았다
환한 대낮에는 코로나19로
어둑한 새벽에는 초미세먼지로
사람 잘못이니
내가 무슨 말을 하겠느냐만
바다가 그립고
무인도가 보고 싶은 마음이다
아서라! 이미 그대
사람과 사람이 멀어져
바다 한가운데
슬픈 무인도에 살고 있지 않느냐

# 멀미

흔들리는 걸 싫어했던 나는 버스를 타면 멀미를 했지
속에 것을 모두 토해 놓은 뒤 잠들 수 있었던 나는
도시 한가운데 서면
한참동안 귀가 먹먹하고 어지러워 방향을 잡을 수가 없었어
풀잎을 찾아 나선 달팽이처럼 더듬거리며
인생길의 2/3쯤 건너왔지
접시꽃이 환하게 핀 담장 밑이 이제 얼마 남지 않았어
쉬잇! 지금부터 정말 조심할 때야
눈부신 근처에는 언제나 위험한 물건이 도사리고 있거든
저벅거리며 다가오는 새벽의 발자국 소리
저 부지런한 무기들의 행진을 잘 피해가야 되는데
불안해, 아직 흔들림이 멈추지 않았어. 토할 것 같아

# 개구리

꼼짝없이 무덤을 우는 겨울 개구리가 되었어
어린아이 그림 동화책을 뒤적거리다가
두꺼비도 개구리였구나
무당개구리, 청개구리, 토마토개구리,
푸른화살촉개구리, 아미존뿔개구리, 다윈개구리
개굴개굴개굴
개구리가 내 마음속에서 뛰어 나온다
세상을 거꾸로 읽으며 살았던 죄
도전이라고 실험이라고 변화라고 긍정적이라고
자꾸 나를 뒤집었던 개구리가
붉은 배를 까올리고 벌렁 드러누워
울고, 또 운다
날마다 나를 속이고 또 속으며 살았던
푸른 개구리가
어두운 땅속에서 눈물을 꾹꾹 누르며 운다

# 한파주의보(寒波注意報)

손가락 시리게 단단한 기타를 쳐 본 적이 있나요?
후회해봐야 아무 소용없는 후회를
날마다 하고 살지만
네가 자꾸 생각나고 그리워질 때
당신이 자꾸 보고 싶고 이름 부르고 싶을 때
슬퍼도 눈물 나지 않는 쓸쓸함에 대해
어떻게 말을 해야 할까요
속이 비어 쓸쓸하고
알맹이 없어 가볍고 허망한 날
소리조차 얼어버리는 기타를 쳐 본 적이 있나요?

# 이별을 사랑이라고 말하지 못하겠다

오래 전 너와 내가 한 몸이었던 것처럼
극과 극은 끝이 닿아있다
길이 끝나는 지점에서 다시 시작하는 것처럼
그러하므로
절망을 희망이라고는 말하지 못하겠다
너와 나의 만남과 기다림이 그랬다
너는 언제나 먼 곳에 있었고
나는 언제나 그 길의 끝에 매달려 흔들렸다
겨울 눈 속에 붉은 오미자 열매처럼
눈물은 언제나 뜨거웠고
사랑은 흰 눈처럼 순수했지만 위험했다
길이 끝나는 지점에서 다시 시작하는 것처럼
너와 나의 사랑과 슬픔이 닿아있다
그러하므로
이별을 사랑이라고는 말하지 못하겠다

# 신발

돌아온
아이 신발을 문 안쪽으로 가지런하게 놓아준다
지켜줄 테니 편히 쉬라고
출근하는
아이의 신발을 문 바깥쪽으로 가지런하게 놓아준다
힘차게 넓고 멀리 뛰라고
어긋난 세상,
힘들겠지만 바르게 걸어가라고
흩어진 신발을 서로 붙여 가지런히 놓아준다
바깥쪽이 닳아 기우뚱해진
낡고 구겨진 신발
길을 따라 비틀거리던 발자국이 가지런해진다

# 섬

사랑한다는 말은 하지 않겠다 잘 가라는 말도 하지 않겠다 날마다 보냈지만 너는 돌아왔으며 날마다 이별했지만 다시 돌아보면 그 자리였다

그냥 있으라. 해도 또 너는 떠날 것이며 마음 정리했다 싶으면 너는 또 그 자리에 남아있을 것이다

살겠다 아니 살아보겠다 너를 사랑하지 않고 나를 사랑하겠다 그리고 너를 내 안에 온전히 깃들어 숨 쉬게 하겠다 작은 방 한 칸을 비워 너에게 주고 온전히 주인이 되게 하겠다

복종이 아닌 사랑도 결코 아닌 그냥 자유로 흔들리며 꿈꾸게 하겠다 너를 내 안에 바다라고 부르며 작은 섬도 추억처럼 몇 개 사다 들여놓고 날마다 춤추게 하겠다

# 해설

존재(存在)의 푸른 맥(脈)을 짚어가는
받아쓰기와 원형(原型)의 풍경
속으로 스며들기

−조영웅(문학평론가)

# 해설

## 존재(存在)의 푸른 맥(脈)을 짚어가는 받아쓰기와
## 원형(原型)의 풍경 속으로 스며들기

### —조영웅 16번째 시집『봄날, 오후 2시』에 붙여

조영웅(문학평론가)

존재의 인식이란 흔들림의 이유를 깨닫는 것인지도 모른다. 나의 흔들리는 이유가 무엇인지 알아야 내가 어디를 지나고 있는지 알 것이 아닌가. 마음과 다르게 들판에서 흔들리고 있음을 느끼게 된다. 살아있어 충돌하고 또 극복하는 과정인 것이다.

흔들림 자체가 살아있다는 반증이고 시대의 과정을 건너가는 견딤일 테고 누군가를 위해서 존재한다는 부딪힘 아닌가. 내가 살아있음을 표현하는 간절한 아우성일 수도 있는 것이다.

들판에 서 보면 안다. 자기만의 표정으로 살아가는 생명의 사색과 명상이 나에게 건너오는 길은 언제나 푸르고 깊다.

당신을 사랑하지만/당신이 내 인생의 전체가 될 수는 없잖아요/그래서 오늘도/당신에게 고백하듯 사죄하듯/시를 씁니다.

－「시에 대한 변명」 전문

잊어버리겠다는 건 내가 시들지 않겠다는 말/시들어 잊혀지지 않겠다는 말/날마다 피고지는 들꽃처럼/너에게/아름다워지는 나를 다시 찾는 과정일 뿐이야

－「들꽃처럼」 전문

많은 흔들림 속에서 나의 시가 추상명사 속에 갇혀 허우적거리는 선전문구가 되지 않기를 바란다. 실용학적 접근은 인간이 살아가는 방법, 방편, 처신 등 수단과 행동 그 사용방법의 효과성에 대한 탐색일 것이다. 비인간적이다. 이 말은 현실이 인간적으로만 살 수 없는 환경이라는 반증이기도 하지만 나는 근원에 닿아있지 않은 말초적인 순발력이나 약육강식의 포만감은 다시 검증해 볼 때가 되지 않았나 생각하는 것이다.

소설을 쓰고 있다느니 시를 쓰고 있네 하며 빈정거리는 걸 본다. 유명하다는 시인, 소설가가 정치판에 끼어들어 마이크 노릇을 해 왔고 지금도 하고 있으므로 답답하다. 그러나 시인이여, 소설가여, 독자여 그 사람이 존경받지 못할 동물이 되었을 뿐 시가 소설이 그 모양이 된 것이 아니므로 희망을 가져보는 것이다.

돌아온/아이 신발을 문 안쪽으로 가지런하게 놓아준다/
지켜줄 테니 편히 쉬라고/출근하는/아이의 신발을 문 바
깥쪽으로 가지런하게 놓아준다/힘차게 넓고 멀리 뛰라
고/어긋난 세상,/힘들겠지만 바르게 걸어가라고/흩어진
신발을 서로 붙여 가지런히 놓아준다/바깥쪽이 닳아 기우
뚱해진/낡고 구겨진 신발/길을 따라 비틀거리던 발자국
이 가지런해진다
　　　　　　-「신발」전문


　사람이 살아가는 가치나 이유에 대한 해답은 말을 앞세
우는 처세나 허세에 있지 않다는 것이다. 글을 쓰기 전에
사람이 먼저 되고 글을 쓴 후에는 겸손해져 오만하지 않아
함께 견디며 다른 존재나 개체를 존중하고 함께 교감하는
인문학적 접근이 문학의 바탕이 되어야 할 것이다.


　저, 눈/속까지 하얗다고 생각하는/모두 내려놓은 듯 가벼
워 풀풀 날리는 꽃잎보다/떨어지며 녹아 아찔하게 나를
흔드는/그녀의 초경/뼈근하게 아파오는 허리저림 같
은/저, 눈물/한 없이 가난한 듯 지쳐 돌아오는 노동같이/
성스러운 위선
　　　　　　-「저, 눈」에서

나는 오늘도 고향의 들길을 걸어가며 고향의식과 문학의 본질에 대한 구체적이고 실천적인 길을 찾는다. 도시의 구조는 살아가는 방식으로 존재한다. 생활의 터전이고 삶의 경쟁이 이루어지는 유기적인 구조를 가지고 있다. 어떻게 살아야 하는가? 의 정답을 찾기에는 너무 조직적이고 이익 추구적이다.

고향의식은 삶의 출발지인 생명의 근원에서 출발한다. 문학과 예술, 특히 시라는 장르에서의 고향은 흔들릴 때마다 내 삶을 일으켜 세우는 뿌리인 동시에 문학이 근원적으로 탐색해야 할 수용의 미덕을 가르치는 인생의 경전과 같은 것이다.

> 나무를 나무로만 생각하지 않았어요/꽃을 꽃으로만 생각하지 않았어요//바람 불어 나뭇잎 떨어질 때/밤 새워 왜 그리 내 몸이 흔들렸는지/까만 씨앗이 흉터처럼 남아있는/그대 집 앞 작은 정원을 돌아 나오며/오래 전 아문 상처가 왜 그리 붉게/쏟아져 내려 욱신거리며 아팠었는지//단풍잎 떨어져 텅빈 산길을 걸으며/당신이 그리운 까닭도 알겠네요//나무를 나무로만 사랑하지 않았어요/꽃을 꽃으로만 그리워하지 않았어요
> -「당신」 전문

> 그리운 이름들이 모여 술렁이는/시리 맞은 자운영 꽃 속에서/오래된 너의 이름을 꺼내 읽는다/살아있었구나/나

를 기다리고 있었구나/푸른 호박순을 잘라 한 입 가득/너
를 품는다/너의 몸에서/느티나무 낙엽 냄새가 난다
　 　　　　　　　　　　　　　　 —「시골집」에서

　생명 있는 것은 있는 그 자체로 존중되어야 한다. 놓여있
는 사물 역시 그 자리에 존재하는 이유가 있는 것이다. 나
와 다르지만 같은 공간에서 위로하고 충돌하는 이율배반적
이기조차 한 양식 속에서 문학은 상호 생명존중의 근원적
뿌리를 찾아가는 구체적이고 상징적인 미학(美學)의 탐색과
정인 것이다. 낯선 개별성에 대한 존중의 눈빛이야 말로 내
자신의 깊이를 짚어가는 출발점이 되는 것이다. 존재하는
이유의 답을 살아있는 흐름 속에서 찾아야 할 것이다.

　눈을 감고 서 있는 저 사람/자그락거리며 씻기는 비단조
개 껍질처럼/몸을 열고/흔들리다 돌아가다 다시 돌아와/
바람처럼/빈 몸으로 울고 있는 저 사람
　 　　　　　　　　　　　　　　 —「갈대」전문

　나이테 깊은 황톳길을 돌아가는 나무/숨소리를 듣는다//
생각이 맑고 투명하면/깊고 높은 곳에 길을 만드는구
나//한 곳을 중심으로 돌아/ 몸을 키운 가을, 나의 길을 생
각한다//산 중턱 쯤 내려오다 걸터앉은/나무 그루터기//
내려가는 길의 아랫도리가 헐렁하다/뜨겁다, 절로 숨이
가쁘다

  나는 시를 나만의 사랑방식으로 접근한다. 나에게 있어 시는 나를 사랑하는 독특한 나만의 사랑방식이며 나와 함께 살아야 할 사람을 사랑하는 방식인 것이다. 사랑은 연민, 애증을 포함한다. 슬퍼하고 안타까워하며 소중히 여기고 나와 동일하다고 여기는 넓은 포용을 말한다.

  사랑의 방식은 내가 살아가는 방식이기도 하다. 사랑은 고정되어 있는 것이 아니라 항상 살아 움직이고 새로운 세상을 찾아 여행한다.

  창작은 새로운 사랑법을 개척하는 탐색의 과정이기도 한 것이다. 시는 나만의 독창적인 사랑의 방식이며 내가 품고 가야 할 세상을 아울러 사랑하는 방법이기도 하다. 내가 새로워져야 당신이 새롭게 보이고 당신이 새로워야 나의 주변이 신비로워지는 사랑의 신비주의적 접근이라고 할까. 고루한 면을 벗지 못했다면 그 또한 내가 인정하고 감수해야 할 몫인 것이다. 진실은 언제나 가까운 곳에 있었으므로 나는 시를 말하면서 새로운 것은 멀리 있었지만 새로워지는 것은 언제나 가까운 곳에 있었다는 말을 하고 싶은 것이다.

  내 몸의 약한 곳으로 스며들어 엄살 부리는 저것/늘 가슴에 밟혀/바스락거리며 돌아가지 못 하는 애잔한 저것/분명 내 것인데/내 것 같지 않게 불쑥 찾아와 나를 흔드는 저것/마음도 한 때 불씨처럼 뜨거워야/눈물 흘릴 수 있다고

늦은 밤 나를 불러내어/가로등 아래 서성거리게 하는 저
것/청동의 갈대숲을 달리는 알몸의 신녀(神女)처럼/ 밤마
다 나를 시퍼런 작둣날 위에 서게 하는 저것/알몸으로 달
빛에 흥건히 젖어/반란을 꿈꾸게 하는/날 것으로 뜯어 먹
어도 피 한 방울 흘리지 않고/다시 날 것이 되는 생똥맞은
저것
                        -「사랑」전문

  시는 상징적인 언어를 다양한 각도에서 구체화시키는 아
름다운 결을 찾는 일이다. 모든 것은 낡고 썩어간다. 날마
다 생긴 것처럼 날마다 버려지는 것이다. 자연도 그렇다.
뼈만 남아 희고 맑다가 그 뼈조차도 썩어 부서진다. 사람도
그렇다. 육신은 물론이고 영혼조차 그렇다. 현실만이 존재
하는 것이다. 현장에서 우리의 가치를 바로세우는 영혼이
뼈처럼 맑고 고와 얼마나 오래갈 것이냐, 언제 까지 향기를
잃지 않고 존재하는 것이냐. 신의 활시위를 떠난 화살처럼
우리도 시간 속으로 쏘아져 날아가는 것이다.

  첫눈 내리는 날/아내가 서둘러 집을 나섰습니다/아직도
한창이구나/속으로 은근 좋아하며 저녁이 기다려집니
다/창 밖에 눈이 그치고/짧게 머리를 자른 아내가 돌아왔
습니다/빈 손입니다/바깥 날씨가 갑자기 추워졌다는군
요/코로나 방역 3단계가 되면/죄 없는 미장원도 문을 닫
아야 된다고/서둘러/긴 머리를 자르고 염색하고 돌아온

아내
―「첫눈」에서


아이가 잘라 놓은 봉지커피를 마시지 못하고/허겁지겁 출
근했다/밥은 못 먹고 닭가슴살 한 봉지를 주머니에/쑤셔
넣고/4시간을 자고 나가는 아이에게 조금 더 일찍/일어나
라는 말은 차마 하지 못했다/말 한마디가 죄스럽고 위태
롭고 조심스럽다/날씨는 영하를 밑돌아 춥기만 한데/코
로나가 아니라/하루 먹고 사는 일에 배고프고 등 시려,/아
이가 남겨 놓고 간 커피를/차마 마시지 못 하고 먼 하늘에
비껴 뜬 흐린/해를 바라본다
―「봉지커피」 전문


나이테마다 꿈틀거리며 혈관이 터져 나와/꽃을 피우는 봄
날의 사형집행이 시작되었다/칼날처럼 푸른 봄의 단두대
에/목을 내어놓고/하늘을 올려다본다. 아, 하늘!/죄를 벗
어놓고 떠나기에 좋은 맑고 푸른 봄날/꽃불 타는 나뭇가
지 어디쯤/꽃봉오리 같이 슬픈 올가미 하나 걸어놓는다
―「상처가 도지기 시작했다」에서


　날마다 새로워져야 살아있는 것이고 살아있어 새로운 세
상을 꿈꾸는 것이다. 나의 욕망이라면 욕망일 내 중심적인
우주를 생각하며 시라는 행성을 타고 공전과 자전을 반복
하는 것이다. 여건에 따라 달라지고 있는 것이다. 연목구어

(緣木求魚), 나무가 물에 잠겨 씻기고 닦여 고운 향기를 간직한 채 천년을 가는 침향(沈香)을 생각한다. 푸른 나무 아래 말라 앙상해진 나뭇가지를 보면서 뿌리를 생각하는 것이다. 싱싱한 물고기가 뛰어오르는 유장한 물줄기를 열어보는 것이다. 상상 밖에서 아름다운 사람의 향기, 그 존재의 미를 유추해 보는 것이다.

> 저, 뜨겁게 타오르는 화엄의 장작 불덩어리/하늘로, 나뭇가지로, 산으로, 들로/이글거리며 영혼의 뼛속까지 타들어 가는 다비 의식/잡지 못하고 만지지 못하고/또, 느끼지 못하고/빠작빠작 타는 불꽃이 안타까워라/자글자글 애만 끓고 있는/저, 산등성이 붉은 나뭇가지에 매달린/무쇠 솥같이 작고 단단한 내 슬픈 벌레집 안에/울음 가득한 욕심의 살을 태우고 져!
> ─「노을」전문

인간은 끊임없는 미(美)에 대한 추상적 모호함에 도전하는 고등동물이다. 인간은 끊임없이 한계에 도전한다. 욕심이나 욕망, 이기심이나 동물의 본능이기조차 한 이것을 나는 미에 대한 상호적인 확장성으로 풀어보고 싶은 것이다. 있는 것은 있는 그대로 인식해야 왜곡되지 않으며 왜곡되지 않을 때에만 오래 존재할 수 있다. 오래 존재하여야 깊이 생각할 수 있고 정직한 창조적인 나만의 글을 쓸 수 있다고 생각하는 것이다. 그러나 일방적인 탐색은 관념이나 독선에 매몰되어 위험하다.

　상호보완적이고 서로의 부족함을 인식하고 이해하며 나만의 낮은 목소리로 타인의 마음속으로 스며들어갈 때 고등하고 품격 있는 울림을 주게 되는 것이다. 서로에게 피해를 주지 않는 상생의 치외법권적 영역을 인정해야 가능하다 보는 것이다. 내 문학이 속 깊이 감추고 있는 고백이기도 하다.

　　살겠다 아니 살아보겠다 너를 사랑하지 않고 나를 사랑하
　　겠다/그리고 너를 내 안에 온전히 깃들어 숨 쉬게 하겠다/
　　작은 방 한 칸을 비워 너에게 주고 온전히 주인이 되게 하
　　겠다/복종이 아닌/사랑도 결코 아닌 그냥 자유로 흔들리
　　며 꿈꾸게 하겠다/너를 내 안에 바다라고 부르며/작은 섬
　　도 추억처럼 몇 개 사다 들여놓고 날마다 춤추게 하겠다
　　　－「섬」에서

　뾰족한 모서리를 다듬는 치환과 역설의 미학적이고 포용적인 언어가 필요하다. 가끔, 왜 삶의 어긋난 모서리를 날카롭게 말하지 않느냐고 묻는다. 현실 참여의식을 말하는 것일 테고 비판적인 시각을 말하는 것이겠지만 소중하지 않아서가 아니라 문제 자체를 부각시키는 것으로 시의 역할을 다한다고 보지 않기 때문에 치환이나 감춤, 은근히 드러내는 포용적인 언어를 자연에서 찾아 쓰는 것이라 생각해 본다.

자기 색깔로 있되 어울려 역할을 하고 있을 때, 가끔은 자기 자리를 여백으로 내어주고 함께 흔들리고 있을 때 아름다운 게 인생이고 시가 추구하는 미적인 영역이 아니던가. 드러내 놓고 훈고적(訓詁的)이고 현학적(衒學的)이라면 함께 하는 것이 아닌 일방적인 글이 되는 것을 우려하는 것이다.

> 너에게 내가, 나에게 네가/마음이 마음에게 꽃이 되지 못하는/저물 무렵 석양이 추워//가고 싶어, 가 닿고 싶어/마음 풀어놓고/오종오종 모여 시린 손가락 녹이며/따뜻한 체온을 나누고 싶어//네가 없고, 내가 없는/끼리끼리 우리만 모여 킬킬거리는/가슴 시린 날/꿀 먹은 벙어리처럼/장갑장갑/너에게 예쁜 꽃이 되고 싶어
> ─「벙어리장갑」에서

가치의 탐색이 자기 합리화의 가면을 쓰고 접근할 때 나는 절망한다. 솔직히 말하자면 현실에 대한 대리만족과 시의 상관성에 대해 깊이 생각해 본 적이 있다. 인간의 이중성에 대한 탐색과 탈출구의 모색 사이에서 나는 흔들린다.

불균형의 조정방식이기도 한 현실부적응에 대한 탈출의 모색이 가끔 창작이라는 형식의 새로운 가상세계를 만들어 도피하는 것은 아닌가 되묻기도 하는 것이다.

미숙하기 때문이기도 하겠다. 그러나 우리는 늘 가면 뒤에 숨은 절대가치와 긍정가치의 불협화음과 혼란한 자위 속에서 순간을 버텨내고 있는지도 모른다.

접시꽃이 환하게 핀 담장 밑이 이제 얼마 남지 않았어 쉬잇!/지금부터 정말 조심할 때야/눈부신 것 근처에는/언제나 위험한 물건이 도사리고 앉아있거든/저벅거리며 다가오는 새벽의 검은 발자국 소리/저 부지런한 무기들의 행진을 잘 피해가야 되는데/불안해, 아직 흔들림이 멈추지 않았어 토할 것 같아

–「멀미」에서


나의 시는 과정이나 단계의 도전적인 시한성(時限性)을 가진다. 좁은 안목이나 편협한 사고의 한계를 말하는 것이 아니다. 현실 적용과 부조화의 관계를 말하는 것이다. 시는 현실에 뿌리를 내리고 있어야 보편성을 획득할 수 있다. 반복되는 역사의 흐름 속에서 색깔을 달리하는 현실도 반복된다고 보는 것이다. 생명이 유한한 인간이란 사고 또한 유한하니 반복되며 확대 재생산 된다는 것이다.


사람들은 수군거리던 입을 가리기 위해 약국 앞에 줄을 섰다/골목에는 병뚜껑이 떨어져 있었다/날개가 부서진 새의 주검 옆에는 베옷처럼/사용하지 못한 마스크가 알몸인 채 벗겨져 있었다/한 순간의 어둠이 곧 죽음이었구나/역사의 절반이 희극이라고 생각하는 것은/절반을 비극으로 인식하는 것,/파괴가 혁명인 줄 아는 어실픈 이상론 자들의/어둠이 서서히 하늘을 가리기 시작했다/다시 바다에

등대 꺼진 파도가 다시 출렁거리기 시작했다
　－「갈대가 있는 마을」에서


　창작이고 개성적인 차별성을 무기로 하는 현시대적인 현
상에서 다소 순발력이 떨어질 수는 있겠지만 현실에 뿌리
내리지 못한 독창성은 공허한 메아리로 돌아오는 무늬만
화려한 현학(衒學)이 되고 마는 것이다. 과거를 인식하고 현
실에 대응하며 미래를 준비하는 폭 넓은 사고의 폭을 지녀
야 읽을 수 있고 함께 느낄 수 있는 미학의 근원에 다가설
수 있게 된다고 보는 것이다.
　자신이 접하고 있는 한계와 부딪쳐 살아나가는 실생활에
적합한 나의 글을 써야 한다는 것이다. 추상과 상징의 절제
없는 무한한 확장은 난해하고 오만한 자기도취적인 각색에
빠질 수 있다. 공감이란 함께 살아가는 체험의 숲속에 맑게
솟는 샘물같이 경쾌해야 한다.


　　누가 만든 기다림이 이리 깊고도 고독한지 모르겠다./꽃
　　피우는 저들 숲에 "장엄하다" 이 한마디를 하고 싶다./나
　　는 산을 보러오는 게 아니라/산속에서 오밀조밀하게 살을
　　맞대고 살아가는/작은 생명을 만나러 오는지도 모른다./
　　비워둔 좁은 길을 따라 걷다 보면 오히려 가슴 충만해져
　　오는/바스락거리는 생명의 소리,/우리는 얼마쯤 비워진
　　곳에서야 비로소 타인의 소리를 들을 수 있다.
　　－「외진 길, 산꽃 한 송이」에서

나의 시는 지극히 사소하고 자연친화적이며 채식주의적
인 정적인 정서를 바탕으로 한다. 나는 체질적으로 살 냄새
보다 풀냄새가 좋다. 동물성 단백질은 형상을 유지하기 위
한 요식행위일 뿐이다. 내가 살고 있는 시골의 정서 속에서
사물각각에 감정을 이입시키거나 특성을 끌어내어 역설적
으로 사람에게 전하는 말을 들으며 함께 사는 우주적인 질
서를 갈망하는 것이다. 그 속에서 사람이 있고 인간의 관계
가 있고, 포용과 수용, 이해와 상생의 미학을 추구하는 오
늘이 있다.

> 자꾸, 밟혀/피 묻은 사금파리/주루룩 피 흘리며 끌고 들어
> 간/상처 안에/바글거리며 파먹는/추상명사처럼/자꾸, 네
> 가 아파
> ―「꽃·1」전문

세상의 아픔이 자꾸 읽힌다. 시도 때도 없이 어떤 일과 사
물을 맞닥뜨릴 때 아름답고 고운 면 보다 아픈 상처가 화살
처럼 가슴에 시리게 박힌다. 측은지심이나 세상을 바르고
곱게 보는 진정한 시각이라 자위해 보지만 아름답지 않다.
그러나 세상은 나름 자기 순리대로 돌아가고 흐를 것이다.
나도 작은 부분처럼 삐거덕거리며 휩쓸려가겠지만 소중한
건 진정한 자기 역할을 하느냐는 것이다. 시인으로서 세상
을 살아가는 작지만 소중한 객체로서 나만 바라보는 것이

아니라 너도 바라보고 싶은 것이다. 함께 바라보며 사랑하고 싶은 것이다.

> 하얀 나비를 먼저 보면/훌훌 털고 떠나는 가벼운 영혼을 만나게 될 것이라고 두려움에/떨기도 했었지/노란나비를 먼저 보면/기쁜 손님이 찾아올 것이라고 설레이며 뾰조록 돋는 푸른 싹을 찾아/들판으로 달려 나가던 시절이 있기도 했었지/모두 배부르고 따뜻한 봄을 기다리던 한창 때 쓰는 말이라고/나비 떼, 나비 떼, 배추흰나비 떼, 저 가벼운 영혼
> ─「눈을 흠뻑 맞아보는 것이다」에서

나는 시에서 인생이란 바림과 수채화의 슬픈 이력서를 읽는다. 나는 한동안 커다란 색의 덩어리를 화지에 던져놓고 천천히 그려지는 부작위의 수채화에 깊이 빠진 적이 있다. 바다의 탄력을 뚫고 나오는 붉은 태양, 저무는 저녁 서편 하늘을 물들이는 애잔한 색조의 석양, 사람과 사람 사이에 놓인 단단한 벽 속으로 천천히 스며들어가는 인간관계, 야생의 들판에 푸르게 던져진 한 덩이 물감 속에서 다양하게 피어나는 꽃, 나는 오늘도 그들 속에 있고 함께 숨 쉬며 살아가는 것이다.

> 나, 비 쓸쓸한 비/후두둑 내려/그대 슬픔 가린 양철지붕 위로/날아가다/거미줄에 걸린 나비처럼/출렁거려/그대,

바다 그리고/바다 위를 날아가는 나는/비, 비처럼 아득한/
뜨거운 나, 비
―「나비」전문

  내 것이 아니었던 자연을 받아 적는 나의 시 흐름이 그렇
다는 것이다. 곡선은 때로 우리를 절망의 직선 앞에서 머뭇
거리게 한다. 나는 때때로 빈곤한 절망 앞에서 흔들린다.
과정은 많았지만 전공과목이 될 수 없는 인생을 살아가며
내가 서 있는 이곳은 어디인가. 어느 방향으로 가야 하는
가. 풍요로움 앞에서 날마다 가난해 지는 나의 빈곤이 물을
밑 바른 화지의 물감처럼 깊이 번져들어 먹먹하고 절실했
으면 좋겠다.

  털이 숭숭 빠진 저 엉거주춤함 굿당 깃대 끝에 매달린 한
  폭 하늘 영험한 예언처럼 흔들리는 작은 우주 바람 섬 터
  지는 분노 탄생과 은밀한 사랑 그리고 비밀 흥정이 끝난
  썰물 앵혈처럼 순결한 애증 한 꼭지 서툰 열매 자유스러움
  편안함 행복 만족 여유로움 즐거움 아름다움 가벼움 맑음
  정직 평화 투명하고 선함 희망 기도 아침 꿈 어둠 속에 뜨
  는 해 그리고 꽃, 당신
  ―「꽃 · 2」에서

  시는 쓰는 것이 아니라 쓰여지는 것이다 생각해본다. 곰
삭혀야 한다. 냄새가 배어나올 때 까지 모두 독자의 몫이

되어야 한다. 오래된 질항아리 같은 존재, 시인의 몸은 존재를 버무려넣은 김치항아리 같이 서늘한 존재 속에서 발효된다. 이성이란 시인이 그간 쌓아놓은 이력과 경륜, 가치의 표출된 정신적인 형상인 것이다.

모든 사물을 동질화 과정을 통해 인식하되 곰삭아 터져 쏟아질 때까지 기다리는 것, 지극한 감정의 정화야 말로 못나고 잘난 것이 문제가 아니라 대중성과 모방성, 창작성이 문제가 아니라 절망을 넘어선 극한의 덩어리에서 나도 모르게 눈물처럼 흐르는 투명한 영혼의 상징이 시가 되는 것이다. 비틀고 꼬아놓은 회화적인 장치들이야 말로 시인이 넘어서야 하는 장미가시 울타리인 것이다.

> 왜, 할머니 은비녀가 생각나는 걸까/어린 손자 옆자리에 누이고/옛날얘기로 긴 밤을 새우시던 할머니/장맛비 눅눅한 안부가 궁금해/비둘기공원 산책로를 걸어 내려와/작은 돌 틈 사이 기대 선/보랏빛 쪽진 머리,/꽃잎 끝에 매달린 빗방울처럼/글썽 글썽/왜, 할머니 은비녀가 생각나는 걸까
> ―「비비추」전문

나의 사색은 어떤 색깔일까? 생각 깊숙한 곳에 숨어서 끊임없이 반복되던 맑지만 투명한 송곳 같은 아픔은 어디서 시작된 것일까?

봄 길을 나서다 멀리 산등성이 연초록 나무 속잎이 펼쳐

놓은 자연의 화폭을 본다. 진하거나 일렁거리지 않지만 마른 가지 끝에 이슬방울처럼 여린 속잎을 펼쳐들고 발돋움하는 생명의 연두색, 살아있고 살아갈 앞길의 여백을 천천히 기다리는 초벌 색 바름 같아 좋다. 그 위에 진한 사색이나 철학을 조금 덧칠해도 될 것같이 숨이 넉넉하다.

> 내가 파먹은 어머니 뱃속을/훔쳐보다가/왈칵 울었네/아
> 아!/나는 한 마리 분별없는/애벌레였구나
> ─「어머니 무덤 앞에서」 전문

나는 깊고 충만한 아름다운 미감과 결을 찾아가는 성글고 거친 여백의 서정을 찾아 흔들린다.

무료한 일상에서 자연과 사물의 흔들림을 보고 내가 살아있음을 느낀다. 사실은 내가 흔들리는 것일 테지만 익숙한 길도 다시 걸으면 낯설고 새롭다. 늘 다시 시작하는 것이다. 아름답게 살려고 노력하는 것, 들판에 향기로운 들꽃처럼 이미 아름답고 즐겁게 살고 있는 것이다.

나의 고향의식은 문학의 본향과 길이 닿아있다. 문학의 존재 이유를 고향의 정(情) 속에서 찾는 내밀한 의식 속에는 따뜻한 미감을 찾아 함께 누리려는 아름다운 정서가 깃들어있는 것이다.

왜, 문학을 하는가 하는 답을 감성의 미감에서 찾는다면 고향을 생각하는 마음은 지극해 문학의 포용적인 정서를 놓지 않는 것이다. 어머니 같은 문학의 본향으로서의 정서

를 다시 생각해 보는 것이다. 아름다운 미감과 무늬의 결을 찾아 함께 흔들리며 걸어가는 것이다. 인생의 질감이 조금 거칠고 성기어도 여백 안에서 함께 숨 쉬고 공유하면서 세상사는 법을 배우고 있는지도 모른다.

가을비는 발광하는 눈을 가졌다/눈물로 씻은 나뭇잎이 기도처럼 맑고 투명하다/절실함에 닿아있는 바람은/가끔 푸른 잎에 칼금을 긋고 지나가지만/흔들림은 나의 남루를 벗어내는/깨끗하고 고독한 의식이었으니/가을비는 푸르름조차 씻어내는 신의 눈물/천천히 불붙어 뜨거워지리라/내 몸에 나를 태우지 않고 무엇이 남겠느냐
—「가을비·1」에서

내 문학의 색깔은 봄날 산등성이에 번져 스미는 연둣빛에 가깝다. 가능성의 열려있음은 점점 짙푸르러지고 꽃을 피우고 숲을 만들며 열매를 품어 안을 것이다. 날마다 그대의 밥상 위에 감성의 풍성한 만찬을 준비할 것이다. 인생을 덧칠하여도 스며들어 더 진한 향기로 우리 뜰을 밝혀줄 것이다.
부족하지만 열려있는 가능성의 바다에 작은 배를 띄운다. 살아있는 일은 상투적이지만 살아가거나 살아내는 일은 오롯이 나의 존재이유가 되는 까닭에 날마다 다르고 새롭다. 치열하고 무작정 대들었던 시 창작에 대한 열망이 광적인 체험을 유발하여 세상 질서 속에서 휘청거리기도 했으며 하나를 포기해야 하나를 얻을 수 있다는 이기적이고 편파적인

집착력으로 세상을 불평등하게 읽은 적도 있었다.

　도가(道家)나 유가(儒家), 불가(佛家)의 사상에 깊이 탐닉하여 발심과 항심과 종심을 동일시(同一視)하는 무위를 명제로 삼아 올가미처럼 없음과 지루함의 줄에 매달려 버티던 줄을 놓아보기도 했다. 이제 지극히 가벼우니 풀잎의 흔들림을 갈등으로 여기며 나아가고 돌아오는 일을 반복하며 옆에 기대고 돌아보는 여백이 생겼다.

　　저기, 휘청거리며 걸어오는 사내/맨발의 흰 발목이 보인다//붉은 꽃잎 속에서/그 사내의/긴 속눈썹이 가늘게 떨리고 있었다//꽃잎의 발등을 내려다보며/귀를 내밀고 뒤척이던/꽃들도/천천히 젖는 비의 무게를 아는지//글썽글썽/밤늦도록 잠들지 못하고 있었다
　　―「꽃잎은 빗방울을 무겁게 안을 줄 안다」에서


　　하얀 벚꽃잎 시들어 떨어지고/나뭇가지 사이에서/이름 모를 새 꽃잎처럼 운다/바람의 소리를 들으려면/네 몸 안에 흔들림을 먼저 보아라/무엇 때문에/누가 흔들리고 있는지/네가 걸어온 길을 돌아보아라/하얀 벚꽃잎 시들어 떨어지고/이 나무 저 나뭇가지 사이/새처럼 나를 내려놓고/햇살 속 빈 하늘을 꽃처럼 운다
　　―「봄날, 오후 2시」전문


　비록 짧고 한생을 살아가는 일이지만 후일은 또 뒷사람

의 몫으로 남겨져야 한다는 생명연장과 존중의 경이를 느끼고 인정하는 중이다. 어차피 과정일 테지만 과정에 충실하지 않다면 어느 곳에 닿을 수 있다는 말인가. 그런 까닭에 오늘 또 시를 쓴다. 나의 생명이여! 시간 속에 흔들림이여! 곁에 있어 소중한 이여! 세상 모든 존재의 흔들림이여! 그 흔들림 속에 내가 기대어, 또 네가 기대어 서로 마주보며 살 수 있으니 나의 시는 오늘도 풀잎 흔들리는 푸른 길 위에 서 있다. 그 길 위에 모든 존재에게 고맙고 사랑한다 말 전하고 싶다.

꽃잎이 스스로 빗방울을 무겁게 안을 줄 아는 〈봄날, 오후 2시〉 존재(存在)의 푸른 맥(脈)을 짚어가는 낯선 받아쓰기를 하며 천천히 원형(原型)의 풍경 속으로 물감처럼 스며들어야겠다.

# 봄날, 오후 2시

조영웅 지음

발 행 처 · 도서출판 청어
발 행 인 · 이영철
영    업 · 이동호
홍    보 · 천성래
기    획 · 남기환
편    집 · 방세화
디 자 인 · 이수빈 | 김영은
제작이사 · 공병한
인    쇄 · 두리터

등    록 · 1999년 5월 3일
(제321-3210000251001999000063호)

1판 1쇄 발행 · 2021년 8월 30일

주소 · 서울특별시 서초구 남부순환로 364길 8-15 동일빌딩 2층
대표전화 · 02-586-0477
팩시밀리 · 0303-0942-0478

홈페이지 · www.chungeobook.com
E-mail · ppi20@hanmail.net
ISBN · 979-11-5860-970-2(03810)

이 책은 평창군 평창군문화예술재단 후원으로 발간되었음